विजय की प्रतीक्षा

(नाटक)

वाणी प्रकाशन
नयी दिल्ली-110002
फोन : 23273167, 23275710 • फैक्स : 23275710
e-mail : vani_prakashan@yahoo.com
vani_prakashan@mantraonline.com

विजय की प्रतीक्षा

बुद्धदेव भट्टाचार्य

अनुवाद

राम आह्लाद चौधरी

ISBN 81-8143-005-0

वाणी प्रकाशन
21-ए, दरियागंज, नयी दिल्ली-110002
द्वारा प्रकाशित

प्रथम संस्करण : 2003

मूल्य : 195.00

नागरी प्रिंटर्स, दिल्ली-110032
में मुद्रित

VIJAY KI PRATIKSHA
by Buddhdev Bhattacharya
Translated by Ram Aahlad Choudhary

अनुक्रम

आज़ादी के बाद

पात्र

जीवन बाबू : उम्र 80 वर्ष। स्वतंत्रता सेनानी।
अक्षय : उम्र 80 वर्ष। स्वतंत्रता सेनानी।
समर : जीवन बाबू का बेटा। उम्र 48 वर्ष।
सर्वानी : समर की पत्नी। उम्र 42 वर्ष।
शेफाली : जीवन बाबू की बेटी। उम्र 42 वर्ष।
सोमनाथ : शेफाली का पति। उम्र 45 वर्ष।
अलक : सर्वानी का बेटा। उम्र 18 वर्ष।
बूबू : शेफाली का बेटा। उम्र 10 वर्ष।
शैली : सर्वानी की बेटी। उम्र 16 वर्ष।
टुम्पा : शेफाली की बेटी। उम्र 7 वर्ष।
महेश : नौकर। उम्र 70 वर्ष।
हृषिकेश : हेडमास्टर।
थानेदार
एस.डी.ओ.
डॉक्टर

पहला दृश्य

[कोलकाता से प्रायः 100 कि.मी. दूर स्थित एक कस्बा। पुराना मकान। चारों ओर पेड़-पौधे। चारों दृश्यों की एक ही मंच सज्जा।]

1 नं. कमरा, 2 न. कमरा, 3 नं. कमरा।

1 नं. कमरे में खिड़की के सामने चौकी और कुछ पुरानी कुर्सियाँ। 3 नं. कमरे में एक चौकी और एक खटिया। एक ईज़ी चेयर, एक साधारण कुर्सी। सभी पुरानी चीज़ें हैं। बाहर से आने का रास्ता 3 नं. कमरे में है। 2 नं. कमरे के बीच में खटिया है। आमने-सामने के दोनों कोने में दो कुर्सी। जीवन बाबू खाट पर सोए हुए हैं। अक्षय बाबू का प्रवेश। दोपहर 12 बजे। घर में और कोई नहीं है।

अक्षय : क्या जीवन, कैसे हो? चला आया–तुम तो बुलाओगे नहीं, ख़ुद चला आया–बूढ़ों के प्रति बूढ़ों का लगाव तो होता ही है। और तो कोई अन्य लगाव नहीं है, इस दुनिया में *(बिस्तर के पास जाते हैं।)* क्या हुआ, कैसे हो? *(महेश एक सुराही पानी लेकर आता है और सुराही यथास्थान रखता है।)* क्या महेश, इस समय सो रहा है?

महेश : आप बैठिए। *(हाथ का झोला लेकर कुर्सी आगे सरका देता है।)*

अक्षय : क्यों सो रहे हो? शरीर ख़राब है? *(अक्षय जीवन बाबू के पास जाकर देखते हैं। फिर कुर्सी पर आकर बैठ जाते हैं।)*

अक्षय : जागे हुए हो। सोये नहीं। समझ गया, गुस्साये हो, गुस्सा

होने पर बातचीत नहीं की जाती है। यह तुम्हारा पुराना रोग है—

महेश : आप कोलकाता से आए हैं। रास्ता तो कम नहीं है। थोड़ा आराम कीजिए। मैं सब कुछ बताता हूँ।

अक्षय : क्या बताओगे तुम? क्या मैं उसे नहीं पहचानता। एक महीने से नहीं आया, इसलिए ग़ुस्सा है। लेकिन भाई मैं ख़ुद आया। इसने एक पत्र भी नहीं लिखा। ख़बर भी नहीं भेजी। और मैं ख़ुद आया, फिर भी ग़ुस्सा हो गए। बुढ़ापे में भी बचपना गया नहीं है। अच्छा, ग़ुस्सा ठंडा करो। महेश पानी दो। क्या तुम भी ग़ुस्सा गए हो? *(महेश पानी देता है और अक्षय पानी पीता है।)*

महेश : सत्यानाश हो गया काका बाबू।

अक्षय : क्या? किसका सत्यानाश हो गया है? दादा बाबू बातचीत नहीं कर रहे हैं।

महेश : उन्होंने बोलना बंद कर दिया है।

अक्षय : क्या हो गया!

महेश : बहुत दिनों से बोल नहीं रहे हैं। सिर्फ़ आँखों से देख रहे हैं। डॉक्टर रोज़ आते हैं। रोज़ देखते हैं। कुछ सुधार नहीं हो रहा है। *(गिलास नीचे रखकर अक्षय जीवन बाबू के बिस्तर पर बैठ जाता है। और जीवन के करीब झुकते हुए)*

अक्षय : जीवन, जीवन, मैं अक्षय हूँ, मैं अक्षय। क्यों नहीं बोल रहे हो? क्या नहीं पहचान रहे हो? नहीं समझ रहे हो? मैं आया हूँ। कुछ बोलो। *(जीवन के माथे और मुँह पर हाथ फेरते हुए कहता है)* महेश, तुमने मुझे ख़बर नहीं दी? कितने दिनों से बोल नहीं रहा है?

महेश : बहुत दिन हो गए।

अक्षय : और मुझे ख़बर नहीं दी!

महेश : पहले तो कुछ समझ नहीं पाया। दादा बाबू के पास ही बैठे रहे। उसके बाद डॉक्टर को ख़बर दी, फिर हेडमास्टर को ख़बर दी। आपको किस तरह ख़बर दी जाती है, मुझे कुछ मालूम भी नहीं था।

अक्षय : किसी से भी बात नहीं करता है?

महेश : नहीं।

अक्षय : कुछ भी नहीं बोल रहा है?

महेश : नहीं।

अक्षय : भात खाता है?

महेश : बहुत कम खाते हैं। वह भी बहुत ज़िद करने पर।

अक्षय : पेशाब, पाख़ाना?

महेश : पकड़ कर करवाता हूँ।

अक्षय : किताब पढ़ता है?

महेश : नहीं।

अक्षय : अख़बार पढ़ता है?

महेश : नहीं। अख़बार देने से आँखें फेर लेते हैं, पढ़ते नहीं हैं। लगता है कि शायद पढ़ना नहीं चाहते हैं।

अक्षय : लिखते हैं?

महेश : नहीं। कलम देता हूँ। आँसू गिरने लगते हैं। कलम रख देते हैं। दादा बाबू लिख नहीं पाते हैं।

[अक्षय सिरहाने के पास बैठता है। जीवन के सिर पर हाथ फेरता है। महेश बाहर निकलना चाहता है।]

अक्षय : कहाँ जा रहे हो, महेश?

महेश : चाय ला रहा हूँ।

अक्षय : नहीं। *(उत्तेजित होते हुए)* चाय नहीं बनाना। तुम इधर आओ। ठीक-ठीक बताओ क्या हुआ है! मुझसे झूठ मत बोलो। हेडमास्टर साहब को मेरा पता क्यों नहीं दिया था?

महेश : वे आपको पत्र लिखना चाह रहे थे। उन्हें आपका पता मालूम था। मुझे तो मालूम नहीं था। *(रो पड़ता है।)* मेरा मन-मिज़ाज ठीक नहीं है।

अक्षय : *(शांति से)* तुम्हें क्या हुआ?

महेश : हेडमास्टर साहब, हृषिकेश बाबू रोज़ डॉक्टर बाबू को ले आते हैं।

अक्षय : *(मन-ही-मन कहते हैं)* कौन डॉक्टर? कैसा डॉक्टर? वह क्या करेगा? वह जीवन सरकार को पहचानता है? *(बिस्तर*

के पास जाता है) सब ठीक है। कुछ नहीं हुआ है। बोलेगा, ज़रूर बोलेगा। *(बिस्तर पर लेटे जीवन को पकड़ता है।)* जीवन, तुम मुझसे बात नहीं करोगे? सचमुच तुम बात नहीं करोगे? मुझे छोड़ कर किससे बात करोगे? मुझे बताओ तुम्हें क्या हुआ है, मुझे बताओ। क्यों नहीं बोल रहे हो? कोई सुन नहीं पाएगा। कोई समझ नहीं पाएगा। *(जीवन धीरे-धीरे उठने की कोशिश करता है। चश्मा खोज रहा है। अक्षय सहायता करता है। जीवन चश्मा पहनते-पहनते रख देता है और मुँह फेरकर सो जाता है।)* क्या तुम्हारी सारी बातें समाप्त हो गईं? तुम नहीं बोलोगे तो, क्या होगा? नहीं, तुम्हें बोलना पड़ेगा। *(जीवन अक्षय की ओर देखता है।)* उठोगे? उठकर बैठना चाहते हो? *(जीवन इधर-उधर देखता है। फिर सो जाता है। अक्षय जीवन के सिर पर हाथ फेरता है। हृषि बाबू डॉक्टर को लेकर आते हैं।)*

हृषि : नमस्कार अक्षय बाबू! *(अक्षय चुप रहता है।)* डॉक्टर साहब उन्हें देखने आए हैं। *(अक्षय चुप है। बिस्तर से दूर हट जाता है। डॉक्टर जाँच करना शुरू करता है।)*

हृषि : आप आ गए। अच्छा हुआ। हम क्या करें, समझ में नहीं आता है। क्या सुधार हो रहा है?

अक्षय : आप कौन हैं?

हृषि : मैं हृषिकेश हालदार हूँ। इसी गाँव में रहता हूँ। इसी घर के निकट मेरा मकान है। उन्होंने यह स्कूल बनाया था।

अक्षय : मैं जानता हूँ।

हृषि : मैं स्कूल का हेडमास्टर हूँ। स्कूल में ही रहता हूँ। इस घर में आपको कई बार देखा है। मैं आपको पहचानता हूँ। एक बार बातचीत हुई थी—क्या भूल गए? डॉक्टर साहब भी इसी गाँव के रहने वाले हैं।

महेश : काका बाबू मैं जा रहा हूँ। रसोई घर में काम है।

अक्षय : जाओ। आप लोगों ने मुझे ख़बर क्यों नहीं दी?

हृषि : आपका पता मालूम नहीं था। सिर्फ़ उन्हें ही मालूम था। महेश को भी पता नहीं था। उनके परिवार वालों को ख़बर

दी गई है। उनके बेटे को भी सूचना दी गई है। यानी कि समर बाबू को भी।

अक्षय : क्या ख़बर दी है?

हृषि : सिर्फ़ इतना कि वे सभी को देखना चाहते हैं। और कुछ नहीं।

अक्षय : कब ख़बर दी है?

हृषि : पिछले महीने के अंत में। 10-12 दिन हुए हैं।

अक्षय : कब से बातचीत नहीं कर रहे हैं?

हृषि : कुछ दिन पहले हमने फ़ैसला लिया कि 15 अगस्त को उनका अभिनंदन करेंगे। वे राज़ी हो गए थे। शाम चार बजे सभा शुरू हुई। ठीक समय पर उन्हें ले गया। मैंने संक्षिप्त भाषण दिया। डॉक्टर बाबू भी हमारे साथ थे। जब उन्हें माला पहनाने गए, तब उन्होंने ऐतराज़ किया। अच्छा नहीं लगा। जब उनसे भाषण देने को कहा गया, तब उठे, लेकिन बिना कुछ कहे ही बैठ गए—उसके बाद से नहीं बोल रहे हैं।

अक्षय : *(डॉक्टर से)* क्या देखा? क्या समझे?

डॉक्टर : क्या कहूँ? स्पष्ट कहता हूँ। कई दिनों से उनको रोज़ देखता हूँ। मोटे तौर पर ठीक हैं। पल्स, प्रेशर, हार्ट भी ठीक है। इससे अधिक यहाँ कुछ करना कठिन है। इसके लिए दिमाग़ की जाँच करवानी होगी, जो कोलकाता में ही संभव है। न्यूरो की समस्या है या साइकेटिक की, समझ में नहीं आती है। दुर्घटना नहीं हुई है। सिर में चोट भी नहीं आई है। इसलिए और जाँच की ज़रूरत है। आमतौर पर रेस्पांस कम है। कभी-कभी तो रेस्पांस करते ही नहीं हैं। लगता है कि बातचीत करना चाहते हैं, लेकिन नहीं कर पाते हैं।

हृषि : ध्यान से बात सुनते हैं। लेकिन बोलते नहीं हैं। लगता है कि वे सोच रहे हैं—चारों ओर क्या हो रहा है?

डॉक्टर : पुरानी बात, यानी कि याददाश्त ठीक है या नहीं—समझ में नहीं आ रहा है। बीच-बीच में व्यवहार प्रायः नार्मल है। लेकिन मूल समस्या है—बोल नहीं रहे हैं—एकदम नहीं।

ख़ुद को चारों ओर से अलग कर लिया है। शायद, कोई मानसिक आघात पहुँचा हो।

अक्षय : रुकिए। क्या आप जानते हैं, कौन है आपका रोगी? जीवन सरकार को पहचानते हैं? क्या उनके जीवन के इतिहास से परिचित हैं? नहीं जानते हैं। आपकी बुद्धि यहाँ काम नहीं कर पाएगी। *(उत्तेजित होकर अक्षय बिस्तर पर पाँव लटका कर बैठता है, जीवन को भी बिठाता है, जीवन के कंधे पर हाथ रखता है। जीवन थोड़ा मुस्कराता है।)* मुस्कराते हो? मैंने डॉक्टर को ठीक ही कहा है, क्या कहा जानते हो? डॉक्टर तुम्हारे कष्ट को जितना समझेंगे, उतना क्या उस जीवन सरकार को समझ पाएँगे? यह मौक़ा सिर्फ़ अक्षय को मिला था। कितने दिनों पहले की बात है–जो आज भी ताज़ा है। उस समय तुम मेडिकल कॉलेज में थे और मैं बंगवासी कॉलेज में। जीवन और अक्षय। सियालदह में हरि बाबू का मेस था। चार आने में मछली-भात और सब्ज़ी-दही। एक घर में जीवन और अक्षय। तुम्हारी धोती मैं पहनता था और मेरा कुर्ता तुम। क्या नहीं पहने हो, तुम पूर्ण स्वाधीनता और मैं डोमिनियन स्टेट्स। तुम चरमपंथी और मैं नरमपंथी। तुम्हारे लिए मैंने अपना विचार बदल लिया–गाँधीजी को भी छोड़ दिया। क्या याद नहीं है? –*(जीवन को भूली बातें जैसे याद आ रही हैं। सिर हिलाते हैं।)* पहले मुझ पर तुम्हारा विश्वास नहीं था। मेरे जैसे एक ज़मींदार का बेटा तुम्हारे दल में आ जाएगा–तुम सोच भी नहीं सकते थे। लेकिन क्या मैंने सब कुछ छोड़ नहीं दिया था? पिता, दादा, ज़मींदारी–सब कुछ छोड़ दिया। तुम्हारे बक्सा में रिवाल्वर था, तुम सोचते थे कि मैं कुछ जानता ही नहीं हूँ। *(जीवन हँसता है।)* मैंने रखवाली की है। सारी रात तुम्हारी प्रतीक्षा करते थे, कब लौटोगे। जब तुम बरहमपुर और चंदननग़र चक्कर काटते थे, तब तुम्हारा रिवाल्वर छुपाकर रखा था। क्या याद नहीं है? बोलो? बोलो? क्यों नहीं बोल रहे हो? क्या यह बात सही है या

झूठ? याद आ रही है? बोलो ना? *(जीवन और अक्षय दोनों पाँव हिलाते हैं।)* मुझे भगाने के लिए कितना मज़ाक करते थे। कितनी तरह की कहानियाँ सुनाते। याद आ रही है—तुम्हारे स्कूल के हेडमास्टर की कहानी। *(नकल करते हुए)* तुम लोग स्वाधीनता-स्वाधीनता क्यों कर रहे हो? क्यों संकट में पाँव दे रहे हो? अरे मूर्ख, यदि स्वाधीनता आती है, तो तुम भी आज़ाद होगे। तब फिर क्यों बम-बन्दूक लेकर इधर-उधर भटक रहे हो? मुझे भी तुम उपदेश दिया करते थे। तुम्हारी बात सुनते-सुनते मेरा भी ख़ून गरम हो गया। मैं भी तैयार हो गया। सिर्फ़ एक ही चिंता—अंग्रेज़ों को भगाना है। देश के लिए इससे पहले तो सोचता भी नहीं था। किसके चलते सोचा? तुम और तुम्हारे दल के चलते सोचा। क्या सही नहीं है—तुम नहीं बोलोगे। मेरे साथ भी बातचीत नहीं होगी? *(जीवन हँसता है, अक्षय पीठ पर हाथ फेरता है।)* तुम्हारे साथ रहकर सब कुछ बदल गया। इस गाँव से उस गाँव—इस शहर से उस शहर तुम्हारे साथ घूमता रहा? किसान सभा, रेल के मज़दूरों की बस्ती—क्या कुछ छूटा? कुछ भी नहीं छूटा। कितनी रातें हम एक साथ जगे थे, नदी में नाव लेकर घूमते थे, बातें करते थे। इसके बाद चंदननगर का वह घर—वहाँ से श्रीरामपुर—*(नेपथ्य में कुछ लोग चिल्लाते हैं, अचानक गोली की आवाज़)* विलियम्स, बेटा विलियम्स ख़त्म हुआ—मैं पहली परीक्षा में ही तुम्हारे साथ पास हो गया था। उसके बाद बवाल—गिरफ़्तारी—क्या याद आ रही है? याद है? *(ज़ोर से)* रंगपुर जाने की राह में, तुम और मैं एक साथ थे। *(जीवन सिर हिला रहे हैं, जैसे सब कुछ याद हो।)*

डॉक्टर : आपको यह सब याद आ रहा है? कहिए ना? थोड़ा बोलिए। आपसे सुनने की इच्छा हो रही है? थोड़ा कहिए। *(डॉक्टर जीवन के शरीर को सहलाता है।)*

अक्षय : सब कुछ याद है। क्या याद नहीं है? तो फिर क्यों नहीं बोलते हो। अच्छा तो उन लोगों से नहीं कहोगे, मुझसे कहो।

यदि नहीं बोलोगे, तो अभी निकल जाऊँगा, तुरंत निकल जाऊँगा। तुम्हारे पास कभी भी नहीं आऊँगा। *(जीवन चुपचाप बैठा है।)*

डॉक्टर : अक्षय बाबू, आप कोशिश कीजिए। आप कुछ बुलवा सकते हैं।

अक्षय : दो व्यक्तियों को गिरफ़्तार कर लिया गया, मुझे छोड़ दिया। कोर्ट ने कहा—निर्दोष हैं। *(हँसता है)* पुलिस के रिकॉर्ड में मेरे संबंध में कोई रिपोर्ट नहीं थी। वे मुझे नहीं पहचानते थे। मैं बदनसीब। मैं कोर्ट से वापस आकर ख़ूब रोया था। ज़मींदारों की संतान जल्दी रोते नहीं। लेकिन मुझे उस दिन रोना पड़ा। सभी ने सोचा कि रिहा हो गया हूँ, इसलिए ख़ुशी में रो रहा हूँ। सच तो यह है कि मैं तुम्हारे लिए रोया था। तुम्हें रिहा नहीं किया गया। गिरफ़्तारी के बाद ट्रेन से उसे सिलीगुड़ी से हिली ले जाया गया था। बक्सर जेल में दस वर्ष के लिए उसे बंद कर दिया गया। *(डॉक्टर और हृषिकेश हाथ पकड़कर खींचते हैं।)* जानते हैं यह कौन जीवन सरकार है? गिरफ़्तार करने के बाद भी उसे जेल में रखा नहीं जा सकता। जीवन ने क्या किया, जानते हैं? हाथ में हथकड़ी है, चलती हुई ट्रेन के बाथरूम की खिड़की तोड़कर कूद गया और जंगल में भाग गया। *(नेपथ्य से ट्रेन की सीटी धीरे-धीरे कम होने लगती है।)* जीवन, तुम अपने डॉक्टर साहब से कह दो कि तुम कौन हो। नहीं कहते हो, तो डॉक्टर साहब तुम्हारा इलाज कैसे करेंगे? अंततः दोमजनी में पकड़ लिया गया था। मुझे ख़बर मिली, मैं दौड़ा। लेकिन तुमसे मुलाकात नहीं हो पायी। मुझे भी पकड़ लिया क्योंकि इस बीच पहचान लिया था। मुझको बक्सर जेल ले गया। सोचा, क्या हुआ? मैं बेवकूफ़ था, पकड़ा गया और तुम चालाक फरार हो गए। पकड़ा गया था, सोचा क्या करूँ? मन भी कमज़ोर हो गया। तीन दिन के बाद चमत्कार हो उठा! हाथी पर सवार जीवन सरकार जेल में उपस्थित हो गया। उस दिन जेल में क्या ख़ुशी

थी! *(जीवन दुबारा उठकर बैठता है।)* जेल के भीतर झमेला शुरू कर दिया। जेलर साहब का नाम याद नहीं है, उसके साथ जीवन की लड़ाई होने लगी। जेल में फुटबाल मैदान चाहिए। जीवन ने कहा—यदि फुटबाल नहीं खेलने दिया जाएगा, तो सर्वनाश कर देगा। जीवन से वह डरता था। खेल के मैदान में वह सबसे बड़ा था। मैं सबके पीछे दौड़ा—गेंद पकड़ ही नहीं पाता। *(अक्षय हँसता है, ज़ोर से हँसता है। जीवन भी हँसने की कोशिश करता है।)* बोलो, बोलो उस मैदान का फुटबाल खेल याद है। *(अक्षय और ज़ोर से हँसता है, जीवन धीरे-धीरे स्तब्ध हो जाता है।)*

हृषि : आप उनसे बातचीत कीजिए। *(जीवन से)* आप अभी अच्छे हैं। हम जाते हैं। आप सिर्फ़ उनसे बात कीजिए।

डॉक्टर : *(अक्षय से)* आप कोशिश कीजिए। लगता है, रिस्पांस करें। *(हृषिकेश और डॉक्टर तीन नम्बर घर में चले जाते हैं। अक्षय जीवन बाबू के सिर पर हाथ फेर रहे हैं।) (नेपथ्य से नारे की आवाज़—'वंदेमातरम्, गांधीजी ज़िन्दाबाद, इंकलाब ज़िंदाबाद, अल्ला हो अकबर, जय हिंद इत्यादि'।)* असल में उन्हें क्या हुआ है? किसी तरह का मानसिक आघात पहुँचा है? यदि अंदाज़ मिलता तो...।

अक्षय : अंदाज़ लगाना पड़ेगा। वह अपने पेट की बात छुपाएगा? वह ख़ुद भी यह काम नहीं कर पाएगा। लेकिन है तो बहुत दुष्ट। जीवन, तुम्हें क्या हुआ है, मुझे बताओ। तुम अच्छे हो, तुम्हें कुछ नहीं हुआ है। जो बोलना चाहते हो, बोलो। क्यों नहीं बोल रहे हो? किससे नाराज़ हो गए? अंडमान में भी तुमने एक बार ऐसा ही किया था। *(समुद्र की आवाज़, जहाज़ का सायरन)* याद है। सात महीने तक तुमने बातचीत नहीं की। दल का विभाजन—तुमने क्रांति की राह बनायी और मैंने चार अध्याय को...तुम्हारा लेनिन और मेरी माँ काली। सब बँट गए। और तुमने मुझसे बात करना भी बंद कर दिया। आस-पास घर, फिर भी बातचीत बंद। एक साथ स्नान, एक साथ खाना-पीना, शाम के वक़्त एक

ही साथ सेल में घुसना–फिर भी बातचीत बंद। कालापानी से वापस होऊँगा कि नहीं–सोच भी नहीं पाता। दिन, महीना और वर्ष गुज़र रहे थे। *(जीवन उठकर बैठता है और सुनता है।)*

चारों ओर काले समुद्र का पानी। मुझे भगवान् पर विश्वास था, जिसे छोड़ना मेरे लिए मुश्किल था। उन शैतानों के राज्य में माँ काली के अतिरिक्त और किस पर विश्वास करता। जेल और मृत्यु के डर ने मुझ पर दबाव पैदा किया। मुझे मरने का डर था। रात में नींद टूट जाती। उठकर बैठ जाता। पूरा शरीर पसीना-पसीना हो जाता। मैंने सब कुछ तुझसे कहा था। तुम्हारा दल छुप-छुप कर मीटिंग करता, मुझसे कुछ भी नहीं कहता। लेकिन मुझे विश्वास नहीं था कि तुम भी मुझे छोड़ दोगे। मैं तुम्हें नहीं छोड़ सका। जिस दिन मेरे कष्ट, मेरे दुःख को तुमने समझा, उसी दिन से दोस्ती हो गई। मन का घाव भर आया। ये सारी बातें याद आ रही हैं? बोलो? बोलो। मैं तुम्हारे दल में शामिल नहीं हुआ। नहीं शामिल हो सकता था। दोस्त, याद है–हम दोनों एक ही दिन छूटे थे? एक ही साथ जेल से निकल आए। *(जीवन अक्षय का हाथ पकड़ते हैं।)* क्या मैंने कुछ ग़लत कहा? तुम्हें सारी चीज़ें याद हैं! *(जीवन धीरे-धीरे सो जाता है, अक्षय का मन थोड़ा उदास हो जाता है।)* तुम बोल नहीं रहे हो, मैं अकेला बकता जा रहा हूँ? क्या मेरी बातों की कोई कीमत नहीं है? अंडमान से आने के बाद मैंने छोड़ दिया है–दल, राजनीति, सब कुछ–चुप रहना तो मेरे लिए ठीक था। फिर भी मैं बक-बक कर रहा हूँ। और तुमने राजनीति नहीं छोड़ी, पकड़े हुए हो–फिर भी चुप? क्यों चुप हो? तुम्हारी बात सबको बतानी होगी। सभी को। सारा जीवन क्या किया? क्यों किया? किसके लिए किया? देश की जनता के लिए ही तो...उनसे तुम्हारी बात नहीं कहूँगा। कहने के लिए कुछ भी नहीं है? नहीं बोलोगे कि तुम जीते या हारे? क्या चाहते थे, क्यों चाहते

थे? देश की क्या-क्या माँगें थीं और क्या-क्या मिला? यह हिसाब-किताब बताओगे नहीं? बात नहीं करोगे? *(जीवन चुपचाप, अक्षय चुप होकर दरवाज़े के पास जाता है। डॉक्टर, हृषिकेश का प्रवेश।)*

अक्षय : डॉक्टर साहब! जीवन कुछ भी नहीं बोलता, लेकिन मैं भी नहीं छोड़ूँगा। एक बात याद आ गई। आप डॉक्टर हैं, इसलिए आपको बता दूँ, आपको यह समझ लेना चाहिए। इधर आइए *(जीवन बाबू की ओर ले जाता है।)*

डॉक्टर : आइए, देखते हैं–

अक्षय : *(जीवन का शर्ट ऊपर करते हुए अक्षय डॉक्टर को दिखा रहा है।)* यहाँ जो गड्ढा है, जहाँ पर स्पाइनल कर्ड ख़त्म होता है, वहाँ ब्रिटिश का एक बुलेट अभी भी है। *(नेपथ्य से गोली की आवाज़, शोरगुल)* राजशाही जेल में गोली लगी थी। आज़ादी के एक साल पहले, सन् 1946 में, उसके शरीर में बुलेट लगा था। गाँव-गाँव आग में झुलस रहे थे। तेभागा आंदोलन। अंग्रेज़ भी डर गए थे, ज़मींदार भी। उसने किसानों को बड़े पैमाने पर आंदोलन में शामिल किया था। उस वक़्त राजनीति से काफ़ी दूर था, लेकिन सारी ख़बर रखता था। दूर से ही देखता था। दिनाजपुर के खापुर में किसानों पर गोली चली, गिरफ़्तार हुए। जीवन को राजशाही जेल में बंद कर दिया गया था। उस जेल में गोली चली थी। बाहर किसी को इस घटना का पता नहीं चला था। किसी अख़बार में यह बात नहीं छपी थी। मैं दौड़कर जेल पहुँचा था। सात राजबंदियों की मृत्यु हो गई थी और जीवन जख़्मी हो गया था। उसे अस्पताल में भी भर्ती नहीं कराया गया था। डॉक्टर को भी नहीं दिखाया गया। जेल में उसे छोड़ दिया गया था। ऑपरेशन नहीं हुआ था। शरीर में धीरे-धीरे यह बुलेट मिल गया। शरीर में अंग्रेज़ों का बुलेट, कोई आघात उसे चुप नहीं करा सका? ऐसा व्यक्ति आज चुप है। क्यों? *(थोड़ा जीवन बाबू को हिलाते हैं।)* जीवन, तुम चुप होकर हार मत जाना। तुम्हें बोलना पड़ेगा। *(नेपथ्य*

से वंदेमातरम्, जय हिंद, मुस्लिम लीग ज़िंदाबाद, लड़कर लेंगे पाकिस्तान, कम्युनिस्ट पार्टी ज़िंदाबाद, नेताजी ज़िंदाबाद ...नारे धीरे-धीरे तेज़ हो रहे हैं—'उठो भारत लक्ष्मी' का सुर। अक्षय जीवन को उठाकर बैठाता है।)

15 अगस्त 1947। सबने कहा, और तुम चुप हो। देश भर में गुलाब जल छिड़का गया, पटाखे छोड़े गए, गले मिले--उस दिन तुम अँधेरे में जेल में थे। स्वतंत्रता दिवस कितना भाषण--लेकिन उस दिन तुमने भाषण नहीं दिया। कुछ भी नहीं कह पाया। अँधेरे जेल में किस से बात करते? आज बोलो। अभी बोलो। आज़ादी तो मिली। देश आज़ाद तो हुआ। बहुत आश्चर्य लग रहा है—और किसी दिन वक़्त नहीं मिला? जान-बूझकर स्वतंत्रता दिवस के दिन ही बोलना बंद कर दिया? क्यों? *(जीवन का मुँह उदास हो जाता है।)* इस तरह क्यों देख रहे हो? तुम्हारी इस आदत से परिचित हूँ जीवन! क्या इस स्वाधीन देश को देखकर हतप्रभ हो गए? और बोलने की इच्छा नहीं हो रही है? विराग, विरक्ति, वितृष्णा? *(धीरे-धीरे जीवन सो जाता है, अक्षय चादर से उसका शरीर ढँक देता है।)*

दूसरा दृश्य

[शाम। दूसरे घर में]

[दरवाज़े के पास अक्षय खड़ा है। महेश दोनों हाथों में सूटकेस लेकर घर में रखता है और बाहर निकलता है। सर्वानी, शेफाली, सोमनाथ, टुम्पा, शैली सामान लेकर घर में आते हैं। समर अक्षय की ओर देखते हुए प्रवेश करता है।]

समर : एक गाड़ी—और इतने सारे लोग। गाड़ी से उतरने के बाद लगा कि जान में जान आई।

अक्षय : बड़े थके हुए दिखते हो।

समर : पिताजी उस घर में हैं?

अक्षय : हाँ। तुम आओ। मैं जीवन के पास हूँ। *(अक्षय उस घर में चले जाता है। जाते हुए बच्चों से बातचीत करता है। महेश के साथ-साथ अलक म्यूज़िकल बैंड लेकर घर में प्रवेश करता है—बैंड पर पॉप म्यूज़िक ज़ोर से बजाता है—समर को थोड़ा ख़राब लगता है।)*

समर : अरे अलक, क्या कर रहे हो? उसे बंद करो।

[नाराज़ होते हुए अलक उसकी आवाज़ धीमी करता है और हेड फ़ोन लगाता है।]

सर्वानी : फिर भी सुन रहे हो! खोलो उसे अपने कान से।

[अलक इच्छा नहीं होने पर भी खोलता है।]

शैली : सिर्फ़ गीत ही गीत—रास्ता भर तंग किया है।

अलक : तंग किया है? गीत समझती हो?

शैली : ये फ़ालतू गीत—समझने में क्या है?

समर : चुप रहोगे! चलो, उस घर में चलो।

शेफाली : दादा जी बीमार हैं, सभी चुपचाप रहो।

टुम्पा : दादा जी कहाँ हैं? *(सोमनाथ खाट पर बैठ जाता है।)*

सर्वानी : उस कमरे में हैं। हम अभी देखने जाएँगे।

समर : चलो सोमनाथ—

सोमनाथ : हाँ, चलो।

शेफाली : अरे उठो।

सोमनाथ : क्यों वे मुझे...

शेफाली : बको नहीं। किसलिए आए? चलो चलो।

[सब उस कमरे की ओर जाते हैं।]

[कमरे में जीवन बाबू सोये हुए हैं। उनके पास रखी हुई कुर्सी पर अक्षय बैठे हैं। कुछ समय के बाद महेश सामान ठीक-ठाक करने के लिए आता है। सभी एक के बाद एक प्रवेश करते हैं। शांतिपूर्ण माहौल है। सभी जीवन बाबू की

ओर देख रहे हैं। समर जीवन बाबू के पास जाकर खड़ा होता है।]

समर : पिताजी, कैसे हैं? मैं समर हूँ। क्या हुआ है, कहिए पिताजी!

[कोई उत्तर नहीं]

सर्वानी : हम आए हैं। आपको प्रणाम कर रहे हैं। उठिए...उठिए।

[जीवन बाबू सबकी ओर देखते हैं। उत्तर नहीं देते हैं।]

शेफाली : पिताजी मैं शेफाली हूँ, आपकी बेटी। *(कोई उत्तर नहीं)* टुम्पा, अलक, शैली–सब आपको देखने आए हैं। *(देखिए। कोई उत्तर नहीं। महेश का प्रवेश।)*

समर : *(अक्षय से)* कुछ मालूम नहीं था। हृषिकेश का ख़त मिला, उन्होंने लिखा था कि पिताजी हमें देखना चाहते हैं। सिर्फ़ इतना। गाड़ी से उतरने के बाद महेश ने सब कुछ कहा, पिताजी की ऐसी स्थिति है।

अक्षय : मेरे पास भी किसी ने ख़बर नहीं भेजी।

सर्वानी : अक्षय काका?

अक्षय : बोलो।

[शेफाली जीवन बाबू के सिर के पास बैठती है, सर्वानी पैर के पास बैठती है। बच्चे चुपचाप हैं। सभी बच्चे एक-एक कर बाहर निकल जाते हैं। सब चुप, अवाक् और चिंतित हैं। थोड़ी देर के बाद सोमनाथ चला जाता है।]

सर्वानी : पिताजी कब से बोल नहीं रहे हैं?

अक्षय : सुना है–इस 15 अगस्त से नहीं बोल रहा है।

सर्वानी : पिताजी! बहुत दिन हो गया।

शेफाली : अक्षय काका, आप कब आए?

अक्षय : परसों आया हूँ।

समर : महेश, किसी डॉक्टर को दिखाया?

महेश : हाँ, अस्पताल के डॉक्टर रोज़ आते हैं। आज भी थोड़ी देर के बाद आएँगे।

समर : अक्षय काका, डॉक्टर साहब से आपकी बातचीत हुई है?

अक्षय : हुई है। बीमारी नहीं पकड़ में आ रही। बोल रहे हैं–कलकत्ता ले जाना होगा। लेकिन मेरा मन नहीं मान रहा है–कलकत्ता

के डॉक्टर क्या करेंगे।

समर : क्या वे बच सकेंगे?

[अक्षय सिर हिलाते हैं। क्या होगा समर?]

समर : *(सर्वानी से)* तुम लोग उस कमरे में जाओ। बच्चों को खिलाओ। महेश को साथ में ले जाओ। वह सब कुछ दिखा देगा।

[वह चुपचाप चली जाती है। समर अक्षय की ओर झुककर कुछ कहता है।]

समर : काका, मुझे बताइए क्या हुआ है?

अक्षय : मुझे नहीं मालूम। सच बता रहा हूँ। दो दिन से हूँ–कुछ समझ नहीं आता।

समर : तब कैसे समझे कि कलकत्ता का डॉक्टर कुछ भी नहीं कर सकता है?

अक्षय : इसका जवाब अभी नहीं दे पाऊँगा, समर। मैं कुछ सोच रहा हूँ–पहले मुझे सोचने दो। सोचने से पहले कहने का कुछ अर्थ नहीं होता है। अपने पिताजी को तुम अच्छी तरह जानते हो। और वह दूसरे लोगों की तरह तो हैं नहीं। डॉक्टर को अपने रोगी का सही अंदाज़ा होना चाहिए। वह किसका इलाज कर रहा है, यह तो समझना पड़ेगा? जीवन को समझना क्या इतना आसान है? जीवन क्यों नहीं बोल रहा है? क्या कारण है? यदि ये कारण डॉक्टरी शास्त्र से बाहर हों, तो डॉक्टर क्या करेगा?

समर : डॉक्टरी शास्त्र से बाहर होगा क्यों?

अक्षय : मानो कि जीवन बातचीत नहीं करना चाहता है।

समर : क्यों नहीं चाहते हैं?

अक्षय : यह कौन बोलेगा? जीवन ही इसका उत्तर देगा। लेकिन जीवन तो बोल ही नहीं रहा है।

समर : मैं ठीक से समझ नहीं पा रहा हूँ।

अक्षय : मैं भी समझ नहीं पा रहा हूँ। फिर भी समझने की कोशिश कर रहा हूँ। मैं ज़ोर देकर बोल भी नहीं सकता हूँ कि मैं ठीक समझ रहा हूँ। लेकिन किसी चीज़ का मुझे आभास

हो रहा है।

समर : पिताजी अकेले हो गए थे–शायद इसलिए उन्हें नाराज़गी हो गई हो या कोई कष्ट हुआ हो।

अक्षय : अकेला? तुम्हारे पिताजी अकेले थे? जब भी यहाँ आया, देखा कि भीड़ ही भीड़ लगी हुई है। लोग अपने सुख-दुःख लेकर जीवन के पास आते थे। अकेले रहने का समय तुम्हारे पिताजी को कहाँ था? हाँ, तब यह है कि हमारे जैसे एक-दो साथी बैठ गए। तुम लोग, उनके बच्चे भी पास में नहीं रहे। अपने लोगों के नहीं रहने का दर्द तो होगा ही।

समर : लेकिन इसके लिए हम कितने दोषी हैं? उस समय गाँव में स्कूल नहीं था–कलकत्ता में रहकर पढ़ना पड़ा। पिताजी के लिए बचपन में मुझे भी कष्ट हुआ था। जो बनना चाहता था, वह नहीं बन पाया। पिताजी के नहीं रहने के कारण, किसी दूसरे से कुछ कह भी नहीं पाए। साइंस का छात्र था–सोचा था कि इंजीनियर बनूँगा–नहीं हो पाया। लेकिन पिताजी को कभी भी दोष नहीं दिया, क्रोध-गुस्सा नहीं हुआ था। उसके बाद कलकत्ता में नौकरी–जीवन में एक मोड़ आ गया। कई बार पिताजी से कहा कि कलकत्ता आकर रहिए। लेकिन गाँव छोड़कर कलकत्ता नहीं जाना चाहते थे। बाहर तो कुछ करना नहीं चाहते थे। *(थोड़ा चुप रहकर)* कभी भी पिताजी के पास नहीं आ पाया। मैंने पिताजी की राजनीति में हिस्सा नहीं लिया, लेकिन दूर से उन पर श्रद्धा रखी। अच्छा, अक्षय काका मैंने पिताजी को मदद नहीं की–क्या उन्होंने आपसे इसकी शिकायत की थी?

अक्षय : नहीं। तुम लोगों की मंगलकामना के अतिरिक्त उन्होंने कभी कुछ नहीं कहा मुझसे।

[दूसरा कमरा/शाम]

[खाट पर रखे हुए बेडिंग पर सिर रखकर सोमनाथ सिगरेट पी रहा है। शेफाली बक्सा से कुछ निकाल रही है।]

शेफाली : पहले भी पिताजी के पास आती थी, कितना कुछ कहते थे। कितना सुंदर बोलते थे। और आज वही पिताजी कुछ

भी नहीं बोल रहे हैं। *(गला अवरुद्ध हो जाता है)* बातचीत नहीं—सिर्फ़ सबको देखते हैं... *(मन टूट जाता है।)* क्या इस दृश्य को बर्दाश्त किया जा सकता है।

सोमनाथ : क्या करोगी? यह उम्र रोग-व्याधि की उम्र है। बुढ़ापे में विभिन्न तरह की बीमारियाँ होती हैं। तुम्हारे पिताजी एक प्रसिद्ध देशभक्त हैं, तो क्या उन्हें कोई बीमारी नहीं होगी?

शेफाली : इस तरह क्यों बोल रहे हो?

सोमनाथ : अन्याय नहीं कर रहा हूँ, ग़लती भी नहीं कर रहा हूँ। जैसी बीमारी है, वैसा इलाज है। तुम्हारा भाई उन्हें कलकत्ता ले जाकर इलाज कराना चाहता है। सही इलाज होने पर वे बोल पाएँगे। मन क्यों ख़राब कर रही हो।

शेफाली : क्या पिताजी ठीक हो जाएँगे?

सोमनाथ : मैं कैसे कहूँ—यह तो डॉक्टर कहेगा। मैं सिर्फ़ आशा कर सकता हूँ।

शेफाली : तुमने पिताजी से बातचीत नहीं की।

सोमनाथ : बातचीत करने से क्या होगा? कोई मतलब नहीं है। तुम लोग तो बोल ही रहे हो—क्या हाल है?

शेफाली : फिर भी लोग बोलते हैं, चाहोगे तो बातचीत कर ही सकते हो। मेरे पिताजी जैसे लोग भी तुम्हें पसंद नहीं आए।

सोमनाथ : उल्टा, उल्टा।

शेफाली : क्या उल्टा?

सोमनाथ : असली बात यह है कि तुम्हारे पिताजी मुझे पसंद नहीं करते हैं।

शेफाली : यह तुम्हारी मनगढ़ंत धारणा है।

सोमनाथ : *(हँसता है)* मनगढ़ंत?

शेफाली : इसके अलावा और क्या? वे तुम्हें क्यों पसंद नहीं करेंगे?

सोमनाथ : वे स्वतंत्रता सेनानी हैं, उन्होंने आंदोलन किया है? जेल गए हैं। प्लेन लिविंग, हाई थिंकिंग। हम क्या हैं—हम तो पैट्रियोट नहीं हैं।

शेफाली : पिताजी वैसे नहीं हैं। वे किसी को छोटा नहीं समझते हैं। किसी का अपमान भी नहीं करते हैं। तुम्हारा दुर्भाग्य है,

तुमने मेरे पिताजी को नहीं पहचाना।

सोमनाथ : तुम्हारे पिताजी को किस चीज़ का गर्व है? सारी ज़िंदगी उन्होंने ग़लत राजनीति की है। शुरू से ही ग़लत। इस बदनसीब देश की स्थिति देखकर समझ में नहीं आता। मैगनिसियेंट फेलियोर।

शेफाली : पिताजी की राजनीति ग़लत थी। और तुम्हारी राजनीति? कॉलेज में जो करते थे, वह ठीक थी? तो फिर उसे छोड़ क्यों दिया? राजनीति छोड़कर, देश को छोड़कर विदेश चले गए। क्यों मेरे अस्वस्थ पिताजी का अपमान कर रहे हो?

सोमनाथ : तुम्हारे कारण ही तो राजनीति छोड़ी। सिर्फ़ तुम्हारे लिए। तुम नहीं जानती हो। *(नज़दीक जाकर)* तुमने कहा था—राजनीति छोड़ना होगा।

शेफाली : सच में मेरे कारण छोड़ी? राजनीति क्यों छोड़ी, तुम अच्छी तरह जानते हो। *(हँसती है।)* ऐसी राजनीति करते थे, कि एक लड़की के कहने पर छोड़ दिए। *(फिर हँसती है, सोमनाथ उत्तेजित होता है।)*

सोमनाथ : हमने राजनीति को अच्छी तरह समझ लिया। सबको पहचान लिया। *(व्यंग्यपूर्ण हँसी।)*

शेफाली : तुम अपने को जैसा समझते हो, वैसे नहीं हो। अपने को बड़ा समझते हो। लेकिन तुम मेरे पिताजी से बड़े नहीं हो।

सोमनाथ : तो फिर, इस छोटे आदमी को क्यों चुना? उसके प्रेम फांस में क्यों पड़ गई। उसकी बुद्धि, पेशा, परिवार की गाड़ी, घर, बैंक की र...

शेफाली : चुप रहो। *(सोमनाथ कंधे पर हाथ रखता है। आलिंगन करना चाहता है। शेफाली पीछे हटती है। सर्वानी अचानक आती है, लेकिन बाहर निकल जाती है। फिर दरवाज़े के पास खड़ी हो जाती है।)*

सोमनाथ : छोड़ो। असली बात का पता लगाओ। वे क्या कर रहे हैं? कोई वसीयत कर रहे हैं—देखो। तुमको छोड़ तो नहीं दिया, नारी का अधिकार सुरक्षित है, तो...यह ख़बर लेकर वापस चलो।

शेफाली : इतना स्वार्थ।

सोमनाथ : छुट्टी बिताने के लिए देश आया हूँ। सब बर्बाद मत कर देना। पहले पता होता, तो आता ही नहीं। मैं कल कलकत्ता वापस चला जाऊँगा। तुम पिताजी के साथ रहो। कलकत्ता में पुराने दोस्तों से मुलाकात होगी। मैं हॉली डे मूड में हूँ–मुझे यह सब अच्छा नहीं लगता। आई एम टेरिबल अपसेट। बूबू, टुम्पा क्या करेंगे–बताओ। *(सिगरेट जलाता है। सर्वानी आती है।)*

सर्वानी : शेफाली, इस घर में आओ। बच्चों को खिलाने की व्यवस्था करनी होगी।

[3 नंबर कमरे में महेश चौकी पर एक बड़ा पात्र रखता है।]

महेश : मूड़ी है दीदी। मूड़ी और नारियल का लड्डू। घर में ही था।

शेफाली : और कुछ नहीं है?

महेश : रात में भात पकाऊँगा। इस वक्त नहीं हो पाया। अभी घर में यही है।

सर्वानी : यहाँ मुर्गी मिलती है? रात में मुर्गी और भात करूँगी। और थोड़ा सलाद।

महेश : देखता हूँ–मिलती है कि नहीं। खोजना होगा। दूकान-बाज़ार कहाँ खुल रहे हैं। कुछ झमेला हुआ है। बहू जी–सलाद क्या होता है? *(बच्चे हँसते हैं।)*

सर्वानी : कच्चा प्याज़, खीरा और टमाटर मिला देना।

महेश : समझ गया। संभव हुआ तो बना दूँगा। आप लोगों के लिए चाय लाता हूँ।

सर्वानी : आओ, आओ। मूड़ी खाओ। बूबू, टुम्पा, शैली आओ।

बूबू : भेलपुरी?

सर्वानी : नहीं, सिर्फ़ मूड़ी।

बूबू : नहीं भेलपुरी खाऊँगा।

सर्वानी : नारकोल है, लो मूड़ी खाओ। *(अलक बाथरूम से बाहर निकलता है।)*

अलक : इट्स हेल। बाथरूम नहीं जाया जा सकता है। असह्य। आई कैन नॉट स्टैंड दिस प्लेस।

सर्वानी : ऐसा मत करो अलक।

अलक : *(क्रोध से)* क्या करूँ?

सर्वानी : आओ, मूड़ी खाओ।

अलक : नहीं खाऊँगा। *(किट्स बैग से चॉकलेट निकालता है।)*

शैली : भैया, मुझे एक दो।

अलक : नहीं। *(थोड़ा देता है।)* अब मत माँगना।

सर्वानी : टुम्पा, आओ। नारकोल नहीं खाओगी?

टुम्पा : खाऊँगी। *(बूबू और टुम्पा नारकोल खाते हैं।)*

अलक : अभी क्या करने आए। रबिश। माँ—माँ क्यों हमें यहाँ लाई?

शैली : मैंने सोचा कि विलेज है। बगीचे होंगे। फूल होंगे—अच्छा पिकनिक होगा—बहुत ख़राब लग रहा है। चलो, चलते हैं।

सर्वानी : हम दादा जी को देखने आए हैं।

अलक : हमें क्यों लाई? तुम लोग आते।

सर्वानी : दादा जी बीमार हैं। तुम लोगों को भी देखना चाहते थे।

अलक : ऐसे दादा जी हैं, जो कुछ बोले ही नहीं। पॉलिटिशियन बट नॉट मेकिंग एनी स्पीच। स्ट्रैंज!

शेफाली : यह सब मत बोलो। दादा जी को नहीं पहचानते हो अलक?

अलक : आई हेट पॉलिटिशियंस।

सर्वानी : *(धमकाती है।)* अलक! *(अलक उठकर जाता है और म्यूज़िक बैंड निकालता है। चौकी पर बैठता है, हेड फ़ोन लगाता है। गीत सुनता है और पैर नचाता है।)*

शेफाली : महेश चाय लाने में देरी क्यों कर रहा है, देखती हूँ। *(चली जाती है।)*

शैली : टुम्पा छत पर चलोगी?

टुम्पा : बाद में जाऊँगी।

शैली : मैं जाती हूँ। *(चली जाती है।)*

बूबू : मामी! दादा जी क्या थे?

सर्वानी : दादा जी, दादा जी साहेब यानी अंग्रेज़ों से लड़ाई की है।

बूबू : क्यों उन्होंने लड़ाई की?

सर्वानी : अंग्रेज़ों ने हमारे देश पर कब्ज़ा कर लिया था, इसलिए।

बूबू : क्यों कब्ज़ा कर लिया था?

सर्वानी : अंग्रेज़ काफ़ी ख़राब थे, इसलिए।

बूबू : इसलिए दादा जी ने अंग्रेज़ों से लड़ाई की थी।

सर्वानी : हाँ।

टुम्पा : उसके बाद दादा जी ने क्या किया?

सर्वानी : अंग्रेज़ों को हरा दिया।

टुम्पा : उसके बाद क्या हुआ?

सर्वानी : हमें आज़ादी मिली।

बूबू : आज़ादी का मतलब।

सर्वानी : बड़े होने पर समझोगे।

अलक : *(अचानक हेड फ़ोन उतारता है।)* आज़ादी का मतलब मूड़ी खाना। *(फिर कान में लगाता है और पाँव हिलाता है।)*

टुम्पा : दादा जी किस चीज़ से लड़े? बन्दूक से?

सर्वानी : हाँ, खाओ, थोड़ा और खाओ।

टुम्पा : अच्छा नहीं लगता है, और खाओ न।

बूबू : मैं नहीं खाऊँगा।

सर्वानी : अलक, चॉकलेट है, तो उन लोगों को दो। *(अलक चुप है। बच्चे बैग में चॉकलेट ढूँढ़ते हैं, महेश चाय लेकर प्रवेश करता है।)*

सर्वानी : उस कमरे से उन लोगों को भेज दो।

[3 नम्बर कमरे में सोमनाथ, शेफाली आती है, शैली बाहर से आती है।]

शैली : छत से एक फारेस्ट दिखता है। बहुत अच्छा। *(अलक को छोड़कर बच्चे सभी बाहर निकल जाते हैं।)*

सर्वानी : बरामदे से कोई झुकना नहीं। अलक, तुम जाओ। *जाओ न, गीत सुन रहे हो।*

सोमनाथ : *(चाय पीते-पीते)* यह कितना पुराना मकान है?

सर्वानी : परपितामह के ज़माने का है। *(अलक बाहर निकलता है।)*

सोमनाथ : बहुत दिनों से घर की मरम्मत नहीं हुई है। कंपाउंड बड़ा है।

शेफाली : भाभी, उन्होंने क्या खाया?

सर्वानी : मूड़ी दी थी, थोड़ी खाई। रात में भात और मुर्गी बनाने को कहा है। तुम भी मूड़ी खाओ। *(शेफाली ख़ुद लेती है। सोमनाथ नहीं लेता है। सिगरेट जलाता है। समर खाता है।)*

समर : बच्चे कहाँ हैं?

सर्वानी : छत पर गए हैं। तुमने चाय ली?

समर : हाँ। *(सोमनाथ उठता है। शेफाली भी एक नंबर कमरे में चली जाती है।)*

सर्वानी : सुनो, एक बात बताओ? पिताजी ने कोई वसीयतनामा लिखा है?

समर : *(विरक्ति भाव से)* क्या कह रही हो? यही बातचीत करने का समय है? तुम्हें क्या हो गया है?

सर्वानी : कुछ नहीं। ख़राब बात है, फिर भी पूछ रही हूँ।

समर : क्यों पूछ रही हो?

सर्वानी : पूछने के लिए मजबूर हो रही हूँ। बदमाशी बर्दाश्त नहीं हो रही है। सोमनाथ छुट्टी बिताने के लिए देश आया, कलकत्ता छोड़कर, अपने दोस्तों को छोड़कर—तुम्हारे पिताजी के लिए श्रद्धा?

समर : आया ही क्यों? इससे हमें या तुम्हें क्या है? पिताजी की ऐसी स्थिति है—ऐसी-ऐसी बातें—मुझे अच्छी नहीं लगती हैं।

सर्वानी : मुझे भी अच्छी नहीं लगती हैं। फिर भी कारण हैं, इसलिए बोल रही हूँ। मैंने सोमनाथ को पहचान लिया है।

समर : क्या बातें कर रहे थे?

सर्वानी : पिताजी के वसीयतनामा के संबंध में बातें कर रहे थे।

समर : किससे?

सर्वानी : आपस में बातचीत कर रहे थे।

समर : ठीक है। मैं देखूँगा। तुम्हें इसके लिए चिंता करने की ज़रूरत नहीं है।

सर्वानी : सोमनाथ बदमाशी न कर पाए। वह पढ़ा-लिखा असभ्य—

समर : रुको। मैं देखूँगा। पिताजी के बारे में सोच नहीं पा रहा हूँ। यह सब बोलकर माथा ख़राब मत करना। पिताजी के बारे में चिंता कर रही हो—तुम क्या हो?

सर्वानी : मैं कौन हूँ—मेरे बारे में क्या सोचते हो? पिताजी की इस स्थिति के लिए तुम ज़िम्मेदार नहीं हो, तुमने बेटे का दायित्व निभाया है? क्या मैंने तुमको रोका था? मुझे क्यों दोष दे रहे हो?

समर : सर्वानी!

सर्वानी : मुझे ख़राब समझने से पहले अपने को पहचानो।

[समर चुप है, सर्वानी रो रही है। बच्चे एक के बाद एक प्रवेश करते हैं। वे समझ जाते हैं कि सर्वानी रो रही थी।]

बूबू : मामी, तुम क्यों रो रही हो?

सर्वानी : दादा जी बीमार हो गए हैं न, तुम लोग बाहर मत जाना, बाहर अंधकार हो गया है।

[रात। जीवन बाबू का कमरा]

[लालटेन की रोशनी। डॉक्टर जीवन बाबू की जाँच कर रहे हैं। समर पिताजी के सिर के निकट बैठा है। कुर्सी पर हृषिकेश।]

समर : हृषि काका, यदि ख़बर मिलती तो मैं पहले ही आ जाता।

हृषि : मैंने लिखा था—वह तुम लोगों को देखना चाहता है। मैंने सोचा ऐसा लिखने से तुम जल्दी आओगे।

समर : काफ़ी व्यस्त था—समझने में ग़लती हो गई। भयानक ग़लती हो गई है। ख़ुद को अपराधी महसूस कर रहा हूँ।

हृषि : यह सोचना व्यर्थ है। जो करना चाहते हो सोच-समझ कर करो। *(डॉक्टर की जाँच ख़त्म होती है।)*

समर : *(डॉक्टर से)* डॉक्टर साहब आप बोल रहे हैं—पिताजी को कलकत्ता ले जाऊँ।

डॉक्टर : ब्रेन का फंक्शन ठीक नहीं है। एक अच्छे न्यूरोलॉजिस्ट को दिखाएँ। साइकियाट्रिस्ट से भी कंसल्ट करें। उनका हार्ट, लंग्स, किडनी सब ठीक है।

हृषि : अक्षय बाबू को नहीं देख रहा हूँ।

समर : यहीं पर थे, छत पर गए हैं। वे लोग भी हैं—थोड़ी-बहुत बातचीत कर रहे हैं।

हृषि : देख रहे हो—दो दिनों से दिन-रात एक किए हुए हैं—दोस्त जैसा दोस्त है।

समर : उन लोगों का संबंध ही ऐसा है।

डॉक्टर : आज चल रहे हैं—समर बाबू! हम सुबह में ही आते हैं, लेकिन आज अस्पताल में सारा दिन काम करना पड़ा है। अभी भी अस्पताल जाना होगा। सिर्फ़ रोगी ही रोगी, आ रहे हैं। *(हृषि बाबू उठ रहे हैं।)*

हृषि : कल अवश्य आना। हम सभी आएँगे। यदि यहाँ कुछ होता है—पता नहीं कब आ पाऊँगा?

समर : यहाँ क्या होगा?

डॉक्टर : आते वक़्त रास्ते में कुछ सोच नहीं पाया?

समर : नहीं तो।

हृषि : उस विषय पर अभी मत सोचो। स्थानीय मामला है। हम देखेंगे। चलते हैं। *(बाहर निकलते हैं।)*

समर : एक मिनट डॉक्टर बाबू। *(बैग से रुपये निकालते हुए)* यह आपकी फ़ीस है।

डॉक्टर : माफ़ कीजिए। इस घर से फ़ीस नहीं लेता हूँ। उनसे लगाव है। वे हमारे गाँव के गर्व हैं। आपकी तरह मैं भी उन्हें श्रद्धा करता हूँ। वे मुझे अपनी संतान की तरह देखते हैं।

समर : लेकिन—

डॉक्टर : क्षमा कीजिए।

[डॉक्टर और हृषि चले जाते हैं। जीवन उठकर बैठता है, समर उनके पास जाता है, जीवन तकिया के पास कुछ खोजता है।]

समर : क्या चाहिए पिताजी? *(जीवन सो जाता है।)* अब आपको कलकत्ता ले जाएँगे—आप अच्छे हो जाएँगे। *(अक्षय आता है।)*

अक्षय : समर, सर्वानी, रसोईघर में है, तुम्हें बुला रही है। तुम जाओ, मैं यहाँ हूँ।

समर : आप रहिए, मैं जा रहा हूँ। *(समर चला जाता है।) (जीवन बाबू फिर धीरे-धीरे उठते हैं। अक्षय की ओर हाथ बढ़ाते हैं। अक्षय जीवन बाबू की ओर तेज़ी से बढ़ते हैं।)*

अक्षय : जीवन कुछ कहोगे? बोलो-बोलो—मुझे कुछ बताओ— *(जीवन बाबू कुछ बोलना चाहते हैं और अपने माथे पर हाथ फेरते हैं।)* बोलो—कोई नहीं है मुझे बताओ *(जीवन बाबू का कंधा पकड़ते हैं)* बोलो-बोलो—*(1 नंबर कमरे में सोमनाथ यह बात सुनता है और दरवाज़े के पास आकर खड़ा हो जाता है।)*

[कोई किसी को नहीं देख रहा है। जीवन तकिया के नीचे कुछ खोजता है। अक्षय मदद करता है। एक डायरी निकालते हैं—दोनों काफ़ी घनिष्ठ हैं। जीवन डायरी पर हाथ फेरते हैं—पुनः हाथ फेरते हैं।]

अक्षय : कुछ लिखना चाहते हो यहाँ? लिखना चाहते हो? लिखो-लिखो— *(कलम देता है।)* मैं लिख दूँगा? क्या लिखना चाहते हो—मेरे कान में बोलो, कोई सुन नहीं पाएगा। कोई नहीं। यही तुम्हारी सारी संपत्ति है। इसी में तुम्हारा सब कुछ है—इसको लेकर क्या करोगे—बोलो? मुझे बोलो। *(जीवन चुपचाप डायरी छोड़कर सो जाता है। अक्षय तकिया के नीचे डायरी रख देता है। सोमनाथ दरवाज़े के निकट से कान लगाकर सुनना चाहता है। ख़ामोश। धीरे-धीरे सोमनाथ हट जाता है। दरवाज़े के पास टुम्पा आकर खड़ी होती है।)*

अक्षय : क्या कुछ बोलोगी? *(सिर हिलाती है टुम्पा)* दादा जी के पास आओगी? *(चुपचाप खड़ी रहती है टुम्पा)* आओ, मेरे पास आओ *(टुम्पा आती है, दादा जी को देखने के लिए।)* दादा जी से बात करोगी? *(टुम्पा अक्षय की ओर देखती है।)*

अक्षय : क्या देख रही हो?

टुम्पा : तुम कौन हो?

अक्षय : बोलो तो कौन?

टुम्पा : दादा जी के दोस्त हैं।

अक्षय : मैं तुम्हारा भी दोस्त हूँ।

टुम्पा : आपके सिर में सफ़ेद बाल हैं।

अक्षय : और तुम्हारे सिर में काले बाल। फिर भी हम दोस्त हैं। *(टुम्पा को अक्षय गोदी में उठाते हैं।)*

टुम्पा : आप और दादा जी जैसे लोग अंग्रेज़ों से लड़े थे? क्यों लड़े? अंग्रेज़ बदमाश थे?

अक्षय : बहुत बदमाश थे। हमारे देश में आकर हमारे ऊपर ही शासन करने लगे। राजा बनकर बहुत अत्याचार करते थे। हमें खाने नहीं देते, पहनने नहीं देते—सभी अच्छी सुंदर चीज़ों को हथिया लेते थे। ख़ुद खाते और अपने देश ले जाते—हम लोगों के लिए कुछ भी नहीं बचता। कितने लोग बिन खाए मर जाते थे!

टुम्पा : आप लोगों को गुस्सा नहीं आता?

अक्षय : बहुत ग़ुस्सा आता। इसलिए तो उन लोगों से फाइट शुरू हो गई। वह गोली चलाते, जेल में बंद कर देते, फाँसी चढ़ाते। फिर भी हम डरते नहीं थे। फाइट या लड़ाई जारी रही। लड़के-लड़कियाँ लड़ाई में शामिल हुए।

टुम्पा : लड़कियाँ भी फाइट करती थीं?

अक्षय : हाँ।

टुम्पा : मैं भी अंग्रेज़ों के खिलाफ़ फाइट करना चाहती हूँ।

अक्षय : अंग्रेज़ भाग खड़े हुए। लड़ाई कब की ख़त्म हो गई। तुम लड़ाई कर पाओगी?

टुम्पा : आप लड़ना सिखा सकते हैं? मैं फिर किससे लड़ूँगी?

अक्षय : तुम्हारे दादा जी यह कह सकते हैं। इसलिए दादा जी को बोलना होगा—यही तो?

[टुम्पा सिर हिलाती है। उस समय टुम्पा की माँ बुलाती है।]

टुम्पा : माँ बुला रही है, जाऊँ?

अक्षय : जाओ।

टुम्पा : *(दादा जी से)* दादा जी, बाद में आऊँगी।

[टुम्पा चली जाती है और महेश आता है।]

महेश : काका बाबू, बड़ी परेशानी की बात है।

अक्षय : कैसी परेशानी?

महेश : घर के सामने बहुत लोग आ गए हैं।

अक्षय : क्यों?

महेश : वे सभी उनके पास आना चाहते हैं।

अक्षय : वे लोग कौन हैं?

महेश : आस-पास के ग्रामीण लोग हैं। आफ़त-विपत के समय वे उनके पास आते थे। लोगों को रोकना मुश्किल है। बोल रहा हूँ—वे बीमार हैं, फिर भी आना चाहते हैं। किसी तरह आपको कहने आया हूँ। आप कम से कम एक बार आइए।

अक्षय : उन लोगों का संकट क्या है?

महेश : हृषि बाबू ने कुछ नहीं कहा है?

अक्षय : हाँ, बोल रहे थे कि समस्या बढ़ रही है, लेकिन उन्होंने स्पष्ट तो कुछ भी नहीं कहा है। तुम कहो—क्या संकट है?

महेश : अचानक महामारी शुरू हो गई है।

अक्षय : प्रलय?

महेश : हाँ घर-घर में लोग मर रहे हैं—अस्पताल रोगियों से भर गया है।

अक्षय : प्रलय क्यों? क्या कारण है?

महेश : मालूम नहीं है। आप एक बार चलिए—नहीं तो सभी घुस आएँगे।

अक्षय : तुम चलो। मैं आ रहा हूँ। *(महेश जल्दी से चला जाता है।)* *(जीवन बाबू से)* जीवन, तुम्हारे गाँव में महामारी शुरू हो गई है—क्या करोगे तुम? चुप ही रहोगे? सोचो। मैं अभी आ रहा हूँ। *(अक्षय चले जाते हैं। जीवन बाबू घर में अकेले हैं। मुँह पर चिंता की रेखा दिखने लगती है। जैसे कुछ बोलना चाह रहे हों। धीरे-धीरे अंधकार फैलने लगता है। यह दृश्य समाप्त होता है।)*

तीसरा दृश्य

[शाम का वक़्त। 1 नम्बर कमरे में सोमनाथ सिगरेट पी रहा है–शेफाली चुपचाप बैठी हुई है–2 नम्बर में जीवन बाबू सोए हुए हैं–अक्षय बैठा हुआ है, महेश खड़ा है–3 नम्बर में समर, सर्वानी और उनके बच्चे–बाहर से शोरगुल की आवाज़ आ रही है।]

अलक : *(धीरे से)* मैं अभी यहाँ से निकल जाऊँगा।

समर : अलक चिल्लाओ नहीं। क्यों चिल्ला रहे हो? चिल्लाकर क्या करोगे? कहाँ चले जाओगे? बाहर से शोरगुल की आवाज़ आ रही है?

अलक : जो होगा देख लिया जाएगा। मैं निकल जाऊँगा। आई कांट स्टैंड दिस हेल। यहाँ बैठकर क्या करूँगा? सब मिलकर सुसाईड करेंगे?

टुम्पा : मामी भूख लगी है।

सर्वानी : रुको। देख रही हूँ। *(कुछ लाने के लिए जाती है। महेश के साथ बातचीत करती है। शैली आती है।)*

शैली : पिताजी! गाड़ी के लिए तेल नहीं मिल रहा? किसी भी पंप पर तेल नहीं है? तेल क्यों नहीं मिल रहा?

समर : कहीं भी तेल नहीं है, एकदम ड्राई–बहुत दूर तक ख़बर दी है। किसी को तेल नहीं मिल रहा है।

शैली : गाड़ी में जितना तेल है, उसी को लेकर निकल पड़ते हैं और रास्ते में तेल ले लिया जाएगा।

समर : वह स्थिति नहीं है। थाने को ख़बर दी गई है–रास्ते में क्या होगा–कोई नहीं बोल सकता–सब कुछ अनसार्टन है।

शैली : *(चिल्लाते हुए)* कोई कुछ कह नहीं पा रहा है–तो ऐसी हालत में हम क्या करें–यहाँ क्या हुआ है?

समर : समझ में नहीं आ रहा है–इसलिए ओ. सी., एस. डी. ओ. को ख़बर दी है–हृषिकेश बाबू ने ख़बर दी है–वे आ रहे हैं। बोल रहे हैं–झमेला हो रहा है, चारों ओर झमेला हो रहा है।

अलक : कोई रास्कल यह कर रहा है। ह्वाई कांट पुलिस शूट दैम?

समर : अलक! इस तरह मत चिल्लाओ। तुम कुछ समझते नहीं हो—एक्साइटेड हो रहे हो। उनके बारे में सोचो—उन्हें कष्ट हो रहा है—डर हो रहा है—तुम उन लोगों को समझा नहीं सकते, उल्टे चिल्ला रहे हो—वे और डर जाएँगे।

अलक : आई कांट टॉलरेट दिस सिचुएशन—*(कान में वॉकमैन लगाकर सो जाता है।) (सर्वानी दो खीरा लेकर काटती है।)*

टुम्पा : मामी वह क्या है?

सर्वानी : खीरा। अभी काट कर दे रही हूँ।

टुम्पा : नुडल्स नहीं हैं? नुडल्स नहीं ला सकती हो? तुम बोलो किसी को नुडल्स लाने को—

सर्वानी : सोना बेटी—कलकत्ता जाकर खिलाऊँगी—यहाँ यह सब नहीं मिलता। खीरा खाओ—बहुत अच्छा खीरा है।

टुम्पा : खीरा अच्छा नहीं लगता—

सर्वानी : थोड़ा खाओ मुनिया—थोड़ा-सा खाओ।

शैली : मामी मुझे दो, मुझे बहुत भूख लगी है। *(सर्वानी थोड़ा देती है, शैली लेती है।)*

सर्वानी : *(समर से)* मुझसे नहीं हो रहा है—बच्चों का कष्ट सहन नहीं हो पा रहा है। भूख लगी है, खाना नहीं है। इस तरह कितने दिनों तक चलेगा। कुछ करो—कलकत्ता में किसको ख़बर दी है? *(मुँह ढँक कर बैठ जाती है।)*

समर : यहाँ जितनी कोशिश की जानी चाहिए, की जा रही है—तुम निराश मत हो—क्या करूँ—मैं कोशिश कर रहा हूँ, सभी जगह ख़बर भेजने की—कुछ तो होगा ही—बड़ी समस्या हो गई है? क्या हुआ है—समझ में नहीं आ रहा है—पैट्रोल पंप क्यों बंद है—रास्ते पर लोग क्यों नहीं है—हंगामा क्यों है।

[अलक ज़ोर से गीत बजाता है—समर उसे बंद कर देता है।]

[एक नंबर कमरा]

शेफाली : चाय पीओगे?

सोमनाथ : नहीं। *(झुँझलाकर)*

शेफाली : चाय है—बनाऊँ?

सोमनाथ : कितनी बार चाय पीऊँगा? ख़ाली पेट, देह झनझना रही है। समझ रही हो, इसलिए छुट्टी बिताने के लिए गाँव नहीं आता हूँ? *(उत्तेजित होते हुए)* समझ रही हो न? पिताजी को देखोगी—एक बार में ही रो पड़ी।

शेफाली : इस तरह मत बोलो। यहाँ इस तरह की समस्या होगी, मुझे क्या मालूम था? बच्चे दो दिनों से कुछ खा नहीं पा रहे हैं। उन लोगों के संबंध में सोच नहीं रहे हो—मुझ पर गुस्सा हो रहे हो।

सोमनाथ : तुम्हारे कारण ही यहाँ आना पड़ा—इस नरक में।

शेफाली : नहीं आने से भी होता। मुझे झूठ मत कहो—मेरे लिए आए हो? तुम्हारे पिताजी का गाँव देखूँगा—गाँव में कितनी ज़मीन है—वहाँ एक फॉर्म तैयार करूँगा—मैं ख़ुद प्लान बना दूँगा—यहाँ क्यों आए हो—तुम ख़ूब जानते हो।

सोमनाथ : *(उत्तेजित होते हुए)* हाँ, समझता—यदि तुम मेरे इस फॉर्म-हाउस के प्लान को सीरियसली लेतीं? तुम्हारे पिताजी की वील समझ में आती—कितनी ज़मीन दी है—तो एक बात होती? वैसे प्लान करने का कोई मतलब नहीं है?

शेफाली : पिताजी ने वसीयत की है, तुम कैसे समझ रहे हो?

सोमनाथ : सात महीने पहले उन्होंने तुम्हें जो चिट्ठी लिखी थी, उसमें वसीयत की बात नहीं थी?

शेफाली : लिखा था—सोच रही हूँ।

सोमनाथ : अभी भी सोच रही हो? सोचना समाप्त हो गया है। वसीयत का मसौदा तुम्हारे पिताजी के तकिया के नीचे है।

शेफाली : तुम कैसे समझे?

सोमनाथ : उस—कमरे में थे, अचानक कान में आया। वह जो तुम लोगों का पूज्य अक्षय काका...

शेफाली : थोड़ा भद्रता से बोलो—

सोमनाथ : भद्रता से? भद्र आदमी होने से तो भद्रता से बोलूँगा। वह

नटों का गुरु! समझी? तुम्हारे पिताजी को कह रहा था—लिखूँ? क्या लिखूँ बोलो? लिख दूँ? ...देखा तो नहीं, लेकिन महसूस किया कि तकिया के नीचे से वसीयत निकाल कर बात हो रही है। उन्होंने क्या लिखा, कहाँ रखा, समझ में नहीं आया? राजनीति छोड़ दी है, लेकिन तुम्हारे पिताजी से चिपके हैं। क्यों? उनका इंटरेस्ट क्या है? समझ में नहीं आता है। बूढ़े को कितना पटा लिया है, कौन जाने? अभी भी वक़्त है—रोको।

शेफाली : अक्षय काका को तुम नहीं पहचानते हो।

सोमनाथ : नहीं, मैं किसी को भी नहीं पहचानता। सिर्फ़ तुम सबको पहचानती हो।

[शेफाली कुछ सोचती है।]

[जीवन का कमरा]

[समर पिताजी के पास बैठा है। डॉक्टर और हृषिकेश दोनों आते हैं।]

समर : हृषि काका—डॉक्टर बाबू—क्या हो रहा है—यहाँ क्या हो रहा है—क्या समस्या है? क्यों हंगामा हो रहा है? सब कुछ बंद है—रास्ता—बाज़ार में क्या हो रहा है—आप समझ रहे हैं—बच्चों को लेकर किस मुसीबत में पड़ा हूँ? गाड़ी में तेल नहीं है—हम कलकत्ता वापस जाना चाहते हैं।

हृषि : ऐसा संकट आएगा—हम समझ भी नहीं सकते हैं। चारों ओर संकट है—हमें कष्ट हो रहा है—सिर्फ़ उनको लेकर—

समर : क्या हुआ, बोलिए तो। *(उत्तेजित होकर)*

डॉक्टर : *(थके हुए, धीरे-धीरे)* पिछले बृहस्पतिवार से चार दिन हुए हैं—अस्पताल में रोगी पर रोगी आ रहे हैं। बेड तो भर ही गए, बरामदे, बीच में—सब जगह रोगियों को सुला दिया गया है। कितने रोगी हैं—कोई हिसाब नहीं। आधे से अधिक रोगी मृतप्राय हैं। पहले गाँवों में हुआ था, अब तो शहर में भी शुरू हो चुका है। बुखार और उल्टी—सलाईन, वॉटर सब कुछ समाप्त हो गया है—प्रॉपर डायगोनोसिस नहीं हो पा रहा है—बड़ी संख्या है—अस्पताल मृतकों से

भर गया है। और जो बचे हैं, उनके लिए कुछ भी नहीं किया जा रहा है।

हृषि : अस्पताल गए थे। सिर्फ़ बुखार और उल्टी ही नहीं—एक और सिम्पटम उन लोगों में दिखा है। एफेक्टेड लोगों की नज़र भी मूर्छा गई है।

डॉक्टर : हाँ! किसी किसी को ऐसा भी हुआ है।

हृषि : *(हँसते हुए)* इसका मतलब है—अँधेरा छा रहा है—रोग का कारण खोजिए डॉक्टर साहब, यदि कारण नहीं खोज पाते हैं, तो कुछ भी नहीं कर पाएँगे।

डॉक्टर : हमने जिला हेड क्वाटर को ख़बर दी है—यदि वहाँ से मदद नहीं मिलती है, तो कुछ भी नहीं हो पाएगा।

हृषि : आप लोग बाहर नहीं निकलेंगे—कहीं मत जाइए। भारी समस्या है—लॉरी नहीं आ रही है—राशन की दुकानों में भी कुछ नहीं है। बाज़ार की कई दुकानों में लूट हो गई है—इलाके से लोग घर छोड़कर जा रहे हैं—ख़ाली घरों में डकैती हो रही है, लूट मच रही है—पुलिस भी मुश्किल में है। रास्ते में लाशें पड़ी हैं—कोई हटाने वाला नहीं है। महेश यह याद रखो—मैं चावल और आलू लाया हूँ—हमारा स्कूल बंद है—लड़के कहाँ क्या कर रहे हैं—मालूम नहीं। आप लोग बाहर नहीं निकलें।

समर : क्या बीमारी है? एपिडेमिक कैसे हुआ—कैसे—अचानक क्यों? किसके जरिये हुआ?

डॉक्टर : अचानक—हम तैयार भी नहीं थे। अभी भी मुझे कुछ मालूम नहीं है। मैंने जितने केस देखे हैं—बुखार के साथ-साथ उल्टी भी होती है। कुछ किया नहीं जा सकता। सलाईन समाप्त हो गया है—अस्पताल कंट्रोल से बाहर है—कितने मरे हैं अस्पताल भी नहीं कह पा रहे हैं—पुलिस को भी मालूम नहीं है—

[अक्षय का प्रवेश]

समर : अक्षय काका।

अक्षय : यहाँ की क्या स्थिति है, मुझे मालूम है।

समर : इम्पॉसिबल सिचुएशन—मुझे थाना जाने की व्यवस्था कर दीजिए। मैं कलकत्ता ख़बर दूँगा।

हृषि : थानेदार को ख़बर दे दी गई है। उसने ख़बर दी है। मुझे थानेदार ने कहा है—एस. डी. ओ. ऑफिस ने भी कहा है—जीवन बाबू का लड़का—आप—आपका परिवार यहाँ है—कलकत्ता से उन्हें ख़बर मिली है—आप लोगों से वह यहाँ मिलने आएगा—लेकिन उनकी जो स्थिति दिखी है—उन लोगों की स्थिति भी बहुत ख़राब है। *(बाहर हंगामे की आवाज़।)*

डॉक्टर : महेश—पीने का पानी उबाल देना।

हृषि : बाहर का दरवाज़ा बंद रखना।

समर : इस स्थिति का समाधान कैसे होगा?

हृषि : कोशिश कर रहे हैं—सरकारी ऑफिसर तथा इलाके के लड़के भी काम में जुट गए हैं। लड़के ग्रुप बनाकर उतर पड़े हैं, लेकिन कुछ भी नहीं हुआ है। अब सुन रहा हूँ कि कलकत्ता तक भी पहुँच गया है।

समर : यह रिहायशी इलाका है? यह मुहल्ला है?

अक्षय : आते वक़्त लगा कि कई घर ख़ाली हो गए हैं—लोग चले गए हैं—रास्ते में एक डेड बॉडी भी देखी—शायद कोई छोड़कर चला गया—

समर : *(चौंकते हुए)* यहाँ से थाना कितनी दूर है? एस. डी. ओ. ऑफिस नज़दीक है या थाना?

हृषि : आप बाहर जाने की कोशिश नहीं कीजिएगा। वे निश्चित आएँगे। कुछ देर इंतज़ार कीजिए।

डॉक्टर : महेश, उनका पानी गरम किया।

महेश : नहीं।

डॉक्टर : पीने का पानी कहाँ से लाते हो?

महेश : स्कूल के ट्यूबवेल से।

डॉक्टर : पानी उबाल लेना—जैसे दूध उबालते हो—

महेश : दूध नहीं मिल रहा है, दूध देने वाला कई दिनों से नहीं आ रहा है।

डॉक्टर : तब उन्हें क्या खाने के लिए दे रहे हो?

महेश : चावल और आलू। घर में अन्य लोग भी आए हैं, बच्चे आए हैं—कुछ जुगाड़ नहीं कर पा रहा हूँ—सबको चावल और आलू खिला रहा हूँ।

हृषि : तुम क्या करोगे महेश? हमारा भाग्य—मैं इंतज़ाम कर सकता हूँ—भेज दूँगा।

समर : समझ में नहीं आ रहा है, कलकत्ता में क्या हो रहा है? कितने दिनों तक यह होता रहेगा। आपने कलकत्ता ठीक से ख़बर दी थी? यहाँ ऐसी स्थिति है, वे लोग समझ पाए हैं? ओह!

हृषि : थाने को सूचित किया है।

समर : अक्षय काका आप बताएँ—यह कैसा गाँव है? *(जीवन बाबू धीरे-धीरे उठकर बैठते है।)* क्या हो रहा है? किसी को कोई सुरक्षा नहीं है? सब घर में बंदी हो गए हैं? क्या दुर्दशा है?

अक्षय : राजनीति की बात नहीं बता पाऊँगा। मैंने राजनीति छोड़ दी। *(खाट पर बैठते हैं।)* तुम्हारे पिताजी बोल सकते हैं, लेकिन नहीं बोल रहे हैं।

हृषि : आप लोगों को इस मुसीबत में देखकर मैं काफ़ी लज्जित हूँ।

समर : आप ही कहिए—ऐसी स्थिति में कैसे रह पाऊँगा। बाज़ार नहीं—कानून व्यवस्था नहीं—असली बीमारी क्या है, यही मालूम नहीं किसी को *(थोड़ा रुककर)* इसी देश के लिए पिताजी, अक्षय काका और आप सभी ने साल दर साल जेल की सज़ा काटी है। देश को आज़ाद किया है—इसीलिए?

[3 नंबर कमरा]

[सर्वानी, बच्चे वहाँ हैं और एस. डी. ओ. आते हैं।]

एस. डी. ओ. : जीवन बाबू कहाँ हैं?

सर्वानी : आप कौन हैं?

एस. डी. ओ. : मैं यहाँ का एस. डी. ओ. हूँ। उनसे मिलने एक बार आया था। शायद उनका लड़का यहीं है।

सर्वानी : बैठिए! *(2 नंबर कमरे से समर को बुलाकर लाती है।)*

समर : नमस्कार—यहाँ क्या हुआ है—बताइए तो—कुछ पता नहीं चल रहा है—इम्पॉसिबल सिचुएशन—आपका नाम—

एस. डी. ओ. : शांतनु मुखर्जी।

समर : मैं समर सरकार।

एस. डी. ओ. : हाँ...हाँ आप जीवन बाबू के लड़के हैं। उनसे परिचित हूँ—हम सभी उन्हें रिस्पेक्ट देते हैं—आपको मदद करने की कोशिश की जा रही है। लेकिन परिस्थिति बहुत कठिन है—परिस्थिति आउट ऑफ कंट्रोल हो गई है। जितने रिसोर्स हैं, जितने स्टॉफ हैं, दिन-रात काम कर रहे हैं। लेकिन परिस्थिति कॉमप्लिकेटेड हो गई है। यदि ऊपर से मदद न मिले, तो हम आगे कैसे बढ़ सकते हैं।

समर : कलकत्ता से संपर्क हो पाया है?

एस. डी. ओ. : हाँ, कर रहा हूँ।

समर : वे लोग क्या कह रहे हैं?

एस. डी. ओ. : वे मदद भेज रहे हैं। मेडिकल टीम चाहिए—जो बीमारी को पकड़ सके—पुलिस फोर्स चाहिए, हरेक घंटा हमारे लिए काफ़ी इम्पोरटेंट है। लेकिन क्या कहूँ—टेलीफोन की लाइन आउट हो गई है—कलकत्ता से कांटैक्ट नहीं हो पा रहा है। वायरलैस से कोशिश कर रहा हूँ—लेकिन वह भी नहीं हो पा रहा है।

समर : तब क्या करेंगे।

एस. डी. ओ. : इंतज़ार कर रहा हूँ। कलकत्ता को ख़बर मिली है—हेल्प आएगा। लग रहा है और एरिया इफेक्टेड हुआ है। इसलिए संपर्क नहीं हो पा रहा है। आपके ऑफिस ख़बर दी है—वहाँ मिस्टर सरकार ने मैसेज रिसीव किया है।

समर : हाँ डिप्टी जनरल मैनेजर—

एस. डी. ओ. : उन्होंने ख़बर रिसीव किया है। उन्होंने सभी जगहों पर संपर्क किया है—हाँ, जब तक हेल्प नहीं आ रहा है, तब तक तो प्रतीक्षा करनी ही पड़ेगी।

समर : आप हमारी गाड़ी में तेल की व्यवस्था कर दीजिए। प्लीज़—वी

आर रियली इन डिफकल्टीज—बच्चों को लेकर यहाँ रुकना संभव है! कुछ ख़बर नहीं है—वी आर स्टैंडिंग—इतना कष्ट—आप प्लीज़ चेष्टा कीजिए तेल के लिए—वी जस्ट वांट टू गो बैक टू कलकत्ता।

एस. डी. ओ. : एक दिन का समय दीजिए। मैं कल व्यवस्था कर दूँगा। लोगों को इंगेज किया है—लगता है कल सुबह तक काम हो जाएगा।

समर : वादा कर रहे हैं तो? हमारी स्थिति बहुत ख़राब है?

एस. डी. ओ. : विश्वास कीजिए, मैं कोशिश कर रहा हूँ। मैं चार दिन और चार रात सो नहीं पाया। *(बाहर से शोरगुल की आवाज़ आती है।)* एम्बुलेंस और पुलिस की गाड़ियों के अतिरिक्त और किसी को तेल नहीं दे पा रहा हूँ। बाहर से सप्लाई नहीं होने के चलते असुविधा हो रही है। कल सुबह तक मिल जाएगा। उसके बाद आप लोगों को पुलिस संरक्षण देकर भेज दूँगा। यहाँ से 35 किलोमीटर नेशनल हाई वे—उसके बाद कलकत्ता आप पहुँच जाएँगे। सुबह 8-9 बजे तक आप कलकत्ता पहुँच जाएँगे। खाने के लिए कुछ भेज दूँ?

समर : सिर्फ़ जाने की व्यवस्था कर दीजिए—इसके अतिरिक्त और कुछ सोचना नहीं होगा।

एस. डी. ओ. : *(बाहर जाते-जाते)* डॉक्टर साहब आपको अस्पताल के लिए सलाईन मिला?

डॉक्टर : जो मिला था, समाप्त हो गया।

एस. डी. ओ. : देख रहा हूँ। *(वह बाहर निकलता है।)*

[जीवन बाबू का घर]

[अक्षय जीवन का शर्ट बदल देते हैं।]

अक्षय : कल सुबह कलकत्ता चले जाओगे? गाँव छोड़कर नहीं जाऊँगा—लेकिन जा रहे हो। और कब जा रहे हो? जब तुम्हारे चारों ओर लोग मर रहे हैं। महामारी फैली है। श्मशान की ओर जा रहे हैं लोग। इस हालत में वे तुम्हें बेहद चाहते हैं। अंततः तुम्हारी दो बात सुनकर उन्हें साहस

बढ़ेगा। लेकिन तुम बोलोगे नहीं। सुनो, तुम्हारी हिचकी और खाँसी तक को मैं पहचानता हूँ। तुमको मुझसे कोई ज़्यादा नहीं पहचानता है। किसी से कहा नहीं है, लेकिन मेरा मन मानता है कि तुम बोलोगे—पर तुम नहीं बोलोगे। क्यों नहीं बोलना चाहते हो, यह भी समझ में नहीं आ रहा है। तुम्हारा इसी तरह जीवन समाप्त होगा। *(जीवन देख रहा है।)* इस तरह मत देखो? जैसे कुछ समझ ही नहीं रहे हो। तुम्हें पहचानना क्या बाक़ी है? चले जा रहे हो न—नहीं तो तुम्हारी चालाकी समाप्त कर देता। मैंने भी योजना तैयार कर ली है—तुम्हें बोलवा कर छोड़ूँगा। लेकिन तुम चले जा रहे हो। जा रहे हो, जाओ—तुम्हारा गाँव पड़ा रहेगा—सब श्मशान बन गया है। मैं भी वापस जा रहा हूँ। तुम रहो, तुम्हारी जो इच्छा हो रही है, करो। मैं अब तुम्हारे पास नहीं आऊँगा—तुम्हारे साथ मेरा क्या संबंध है? इस जीवन में मेरा कोई नहीं है। *(अक्षय खाट से उठता है, जीवन उनका हाथ पकड़ता है।)*

अक्षय : जीवन! *(जीवन की आँखों से आँसू गिरते हैं।)* जीवन, तुम रो रहे हो!

[जीवन को गले लगाते हैं।]

[3 नंबर कमरा]

अलक : पिताजी, कल सुबह जा रहे हो तो?

समर : सोच रहा हूँ।

सर्वानी : उन्होंने जिस तरह कहा है, उससे लगता है कि हम जाएँगे?

अलक : फाइनल।

शैली : मेरा तौलिया?

सर्वानी : तौलिया अभी मत रखना। सुबह में स्नान करने के बाद रखना। अभी बाहर ही रखो।

टुम्पा : दादा जी के सामान को कौन बाँधेगा?

समर : मैं देखूँगा। *(शेफाली आ रही है। पीछे सोमनाथ है।)*

शेफाली : शैली, अलक, टुम्पा—सभी रसोईघर चलो।

अलक : आलू और भात खाने में अच्छा नहीं लगता है।

सर्वानी : क्यों नहीं खाओगे—अच्छा नहीं लगने पर भी खाओ।

समर : अलक जाओ, उन लोगों को लेकर जाओ।

अलक : चलो।

शैली : मैं अपना सामान नहीं बाँध सकी।

शेफाली : खाकर आओ, तब बाँधना, बहुत समय है।

टुम्पा : मेरा सब कुछ रेड्डी।

शेफाली : चलो। *(शेफाली के साथ सभी चले जाते हैं।)*

समर : क्या सोच रहे हो, सोमनाथ? और अधिक चिंता करने की ज़रूरत नहीं है। कल सुबह ही चला जाऊँगा। हम सब चले जाएँगे।

सोमनाथ : एस. डी. ओ. की बात है न? आई डोंट बिलीव ब्लडी ब्यूरोक्रेट्स—उन लोगों के चलते ही यह सब होता है। *(अक्षय का प्रवेश।)*

अक्षय : मैं तुम लोगों से एक बात कहने आया हूँ, समर।

समर : कहिए।

अक्षय : कह रहा था—तुम लोग जाना चाहते हो तो जाओ—लेकिन जीवन को दो-चार दिन के लिए मेरी हिफ़ाज़त में छोड़ देते तो अच्छा होता, क्या तुम्हें कोई ऐतराज़ है?

सर्वानी : लेकिन यह कैसे होगा अक्षय काका? वैसे ही तो देरी हो गई? जल्दी से जल्दी ट्रीटमेंट शुरू करना चाहती हूँ

अक्षय : मैं उनका ट्रीटमेंट ख़ुद करना चाहता हूँ।

समर : आप?

अक्षय : हाँ, मैं जीवन के ट्रीटमेंट के संबंध में सोच रहा हूँ। लेट इट ट्राय। शायद उसकी बीमारी पकड़ में नहीं आ रही है।

समर : पिताजी की बीमारी का आप इलाज करेंगे—समझ में नहीं आ रहा है।

अक्षय : यदि समझ नहीं पा रहे हो, तो मैं कोशिश करूँ।

समर : एक एपिडेमिक चल रहा है—इस संकट में पिताजी को कैसे यहाँ छोड़ दूँ?

अक्षय : अतीत में इससे भयानक संकट से हम निकल आए हैं।

मेरे रहते जीवन को कोई कष्ट नहीं होगा। *(सोमनाथ हँसता है।)* हँस रहे हो?

सोमनाथ : हँसूँगा नहीं? आप लोगों के दिमाग़ में जाने क्या-क्या भूत सवार होता रहता है?

अक्षय : मैं क्या डॉक्टरी ट्रीटमेंट करना चाहता हूँ?

सोमनाथ : यदि यही है, तो डॉक्टरी कीजिए। इस स्थिति में एक रोगी को डॉक्टर के हाथ में देना ही ठीक होगा। आप क्यों रिस्क ले रहे हैं?

अक्षय : समर तुम भी क्या यही कहना चाहते हो? सर्वानी, तुम क्या कहती हो? *(समर चुप)*

सर्वानी : नहीं–

सोमनाथ : उन लोगों से क्यों पूछते हैं? आप से वे लोग कुछ कहने में झिझक महसूस करते हैं। मैं भी तो इसी घर का कोई हूँ। मैं कह रहा हूँ–आप ग़लती कर रहे हैं।

अक्षय : ग़लती कर रहा हूँ?

सोमनाथ : देश आज़ाद करने के नाम पर ग़लत राजनीति की है। चेतना आई, आपने उसे छोड़ दिया। और एक ग़लती की ओर मत बढ़िए?

समर : यह सब क्यों बोल रहे हो, सोमनाथ! चुप रहो!

अक्षय : हमने ग़लत राजनीति की, आज़ादी तो मिली।

सोमनाथ : क्या हुआ, यह आज़ादी लेकर। कैसी आज़ादी है, यहीं की स्थिति देखिए न! ग़लत पॉलिटिक्स का विक्टिम सारा देश बन गया?

सर्वानी : क्या यही बातचीत करने का समय है?

समर : अक्षय काका, आप चुप हो जाइए।

अक्षय : उसके प्रश्न का जवाब देने दो। हमने ग़लती की, लेकिन तुमने उसे ठीक क्यों नहीं किया? कुछ किए बिना ही सब कुछ चाहते हो? सिर्फ़ निंदा कर रहे हो? कुछ कर दिखलाओ! क्या तैयार हो? निकम्मे सिर्फ़ दूसरों की ग़लती खोजते हैं। अब, इसको लेकर अधिक बोलना नहीं चाहता हूँ। तुम अपनी व्यवस्था के अनुकूल जीवन को लेकर चले जाओ।

[अक्षय चला जाता है]

समर : सोमनाथ इस तरह बोलना नहीं चाहिए।

सोमनाथ : कुछ ग़लत नहीं बोला। तब अपने पिताजी को यहीं रखो समर दा।

सर्वानी : आश्चर्य! तुमने अक्षय काका से क्यों बहस की?

सोमनाथ : इस टाइप के बूढ़ों को थोड़ा गरम करने में मुझे अच्छा लगता है।

समर : नहीं-नहीं, यह ठीक नहीं है। हम उनकी रेस्पेक्ट करते हैं।

सर्वानी : तुम पिताजी को छोड़कर क्यों जाना चाहते हो?

सोमनाथ : इसलिए कि कोई उपाय नहीं है।

समर : क्यों?

सोमनाथ : एक गाड़ी में किसी तरह हम सब आए हैं। यहाँ जो परिस्थिति है, उसमें तुम्हें कोई दूसरी गाड़ी मिल नहीं सकती है। बीमार पिताजी और इतने लोगों को कैसे एक गाड़ी में ले जाओगे? तुम अक्षय काका को भी तो अकेला यहाँ नहीं छोड़ सकते हो?

समर : यह बात तो समझ में आई नहीं। एक काम करें—मैं और सर्वानी यहाँ रह जाते हैं।

सोमनाथ : यह कैसे हो सकता है।

सर्वानी : क्यों नहीं हो सकता?

सोमनाथ : मैं पेशेंट लेकर अकेला रिस्क लेना नहीं चाहूँगा। और यहाँ की स्थिति कितनी ख़राब होगी, कौन जाने। गाड़ी भेजकर तुम लोगों को फिर ले जाना कितना आसान होगा, कहा नहीं जा सकता है। सब दायित्व मेरे सिर पर आ जाएगा। मैं दायित्व नहीं लेना चाहता हूँ।

समर : तब क्या उपाय है?

सोमनाथ : एक ही उपाय है—अक्षय काका के प्रस्ताव को मान लो। वे भी ख़ुश हो जाएँगे।

सर्वानी : पिताजी को छोड़कर हम चले जाएँगे?

सोमनाथ : बच्चों के हित में इसको छोड़कर और क्या किया जा सकता है। उन्हें एक क्षण भी यहाँ रखा नहीं जा सकता है। यदि

और कुछ करना चाहते हो, तो तुम्हें सोचना पड़ेगा।

[सभी चुप। सोमनाथ सिगरेट जलाता है।]

मैं उस कमरे में हूँ।

समर : क्या करूँ, बोलो तो?

[वे दोनों चुप हैं। मंच पर अंधकार फैलता है।]

चौथा दृश्य

[जीवन का घर। इस घर में शेफाली, सर्वानी और बच्चे आते हैं।]

शैली : क्या होगा माँ? 11 बज गए, आज जाना नहीं होगा?

अलक : 9 बजे आकर गाड़ी में तेल भर दूँगा? बोल दिया—कुछ किया नहीं—यही तो हैं ओ. सी.-एस. डी. ओ.।

सर्वानी : वे थाना गए थे—कुछ इंतज़ाम हो जाएगा।

टुम्पा : जाने के लिए कब से बैठी हूँ। भूख लग गई है!

शैली : मैं अब और नहीं रह सकती।

अलक : और कितने दिन तक यहाँ अटका रहूँगा? खाऊँगा—कुछ नहीं। क्यों यहाँ ले आये। हेल! इट्स ए हेल! *(अक्षय, सोमनाथ और समर आते हैं।)*

सर्वानी : क्या हुआ?

समर : थाना में ओ. सी. नहीं है। एस. डी. ओ. से कांटैक्ट नहीं हुआ।

सर्वानी : तब क्या होगा? उनके लिए संभव नहीं है।

अलक : क्यों ले आए—तुम सभी क्रिमिनल हो।

समर : चुप रहो। परिस्थिति देख कर बोलो!

[महेश का प्रवेश]

महेश : आओ, पेड़ में अमरूद हैं। खाओगे—आओ।

अलक : मैं नहीं खाऊँगा।

सर्वानी : आओ, मेरे साथ आओ—अमरूद अच्छा लगेगा—खाओगे—अलक आओ। *(महेश के साथ बच्चे चले जाते हैं।)*

[2 नम्बर कमरा, जीवन बाबू सो रहे हैं—अक्षय-समर—एक कोने में सोमनाथ]

समर : अक्षय काका सुन रहे हैं—कभी ऐसा सुना है—दो-तीन दिनों से चारों ओर संकट—कलकत्ता से कोई संपर्क नहीं—सुना है? *(अक्षय सिर हिलाता है।)*

सोमनाथ : यहाँ सब कुछ संभव है। यहाँ कोई सिविल सोसाइटी नहीं है।

अक्षय : इससे तुम्हें क्यों दुःख हो रहा है? चले जाओगे—उड़कर आए हो—उड़कर चले जाओगे। इस देश में हमें ही यह दुःख होगा—हम बचने की राह खोजेंगे—यदि राह नहीं मिलती है तो मारे जाएँगे—

सोमनाथ : आप क्या इन सबका समर्थन करते हैं?

अक्षय : क्या समर्थन करते हैं? यह बदनसीब देश तो हमारा ही है—और यह बदनसीब रोग भी हमारा—जो मर रहे हैं, वे भी हमारे हैं। *(थोड़ा रुककर)* मैं अवकाश प्राप्त हूँ—मेरी बात का क्या दाम है। बुरा मत मानो।

[सर्वानी आती है।]

समर : तेल भरा कर नौ बजे गाड़ी आने को थी—अभी ग्यारह बज गए हैं—अक्षय काका क्या करूँ—पिताजी का क्या करूँ—कुछ समझ में नहीं आ रहा है—माथा ठीक नहीं है—आपने कहा था कि पिताजी को आपके पास छोड़ दूँ—यह बात हमें अच्छी नहीं लगी थी। लेकिन इसके अतिरिक्त और उपाय ही क्या है?

अक्षय : चिंता मत करो—तुम वापस चले जाओगे—आज नहीं तो एक-दो दिन और लगेंगे। तुम ठीक वापस चले जाओगे—तुम्हारे पिताजी की ज़िम्मेवारी मेरी है—जब तक वह स्वस्थ नहीं होता है, तब तक मैं यहाँ से नहीं हिल सकता।

समर : पिताजी को कलकत्ता ले जाना सबसे अच्छा होता। लेकिन कैसे ले जाऊँ। हम लोग भी नहीं जा पा रहे हैं।

अक्षय : इतना मत सोचो समर, मैं हूँ। तुम उन लोगों को देखो—मैं तुम्हारे पिताजी को देखता हूँ।

[हृषि बाबू को लेकर डॉक्टर प्रवेश करता है।]

सर्वानी : डॉक्टर बाबू—रास्ता-घाट की क्या स्थिति है? बाहर क्या हो रहा है? सुबह से हम सभी बैठे हैं—कलकत्ता जाने के लिए—एस. डी. ओ. ख़ुद आकर कह गए—विश्वास कीजिए और बर्दाश्त नहीं कर पा रही हूँ—*(रो पड़ती है।)*

डॉक्टर : बाहर की स्थिति ठीक नहीं है, और स्थिति ख़राब है—अस्पताल—रास्ता-घाट जो कुछ भी देख रहा हूँ—सब कुछ ख़राब है। लोग असंतुष्ट हो गए हैं। पुलिस ने गोली चलाई है। हंगामा हो रहा है।

अक्षय : गोली चलाई है?

हृषि : कुछ उपाय नहीं है—सिचुएशन आउट ऑफ कंट्रोल है।

सर्वानी : बच्चा-कच्चा को लेकर किस स्थिति में फँस गयी!

समर : इस स्थिति में पुलिस की मदद मिलना मुश्किल है।

हृषि : मैंने सुबह एस. डी. ओ. साहब से बात की है—उन्होंने कहा है कि आप लोगों के जाने की व्यवस्था करेंगे—कलकत्ता से सुबह फ़ोन आया था—एक-दो दिन में व्यवस्था कर दी जाएगी—आप लोग बाहर न निकलें—

सर्वानी : क्या बोल रहे—एक-दो दिन और रहना पड़ेगा! बच्चों को सँभालना असंभव हो गया है।

सोमनाथ : मैं क्या झूठ बोल रहा हूँ—ब्यूरोक्रेट्स पर विश्वास नहीं करना चाहिए। वे सभी स्टुपिड्स हैं!

हृषि : आप लोगों को वापस भेजने के लिए काफ़ी कोशिश कर रहे हैं—आज कोई इंतज़ाम हो जाएगा—ऐसा भयानक रोग—

समर : डॉक्टर साहब—आप इस रोग को समझ रहे हैं?

डॉक्टर : नहीं, संभव नहीं है—डेड बॉडी की भीड़ में सब कुछ गुम हो गया है। कुत्ते-गिद्ध-कौए-चूहे झुंड के झुंड मर रहे हैं।

पता नहीं आदमी की बीमारी उन्हें लगी या उनकी बीमारी आदमी को। बहुत भयानक परिस्थिति हो गई है।

सोमनाथ : क्या हो रहा है? सोच नहीं पा रहा हूँ—हृषि बाबू एस. डी. ओ. से आपकी बातचीत कब हुई थी?

हृषि : सुबह—आठ बजे—

समर : आपसे सही कहा है—तेल ले पाएगा? आप क्या समझ रहे हैं?

हृषि : हाँ, मुझे कहा है कि हो जाएगा।

समर : *(धीरे से)* अक्षय काका आपसे एक बात पूछूँ? पिताजी ने कोई वसीयत की है? यह बात नहीं पूछनी चाहिए, फिर भी एक कारण है इसलिए पूछ रहा हूँ।

अक्षय : किसकी वसीयत?

समर : पिताजी ने कोई वसीयत लिखी है?

अक्षय : मैं नहीं जानता हूँ।

सोमनाथ : वह उनकी तकिया के नीचे है—

अक्षय : तुम अपने ससुर की इतनी ख़बर रखते हो?

सोमनाथ : *(शेफाली से)* तुम बाहर निकालो—तकिया के नीचे है। *(शेफाली भारी मन से आगे बढ़ती है, सोमनाथ भी जाता है।)*

अक्षय : क्या कर रहे हो? क्या चाहते हो? वह लेकर क्या होगा? *(जीवन बाबू उठकर बैठते हैं—विभ्रांत—अक्षय डायरी निकालता है।)* यह तुम्हारे पिताजी की डायरी है—जेल से शुरू कर 1935 तक—उसके बाद प्रतिदिन की बात लिखी हुई है। पराधीन देश—स्वाधीन देश का वृत्तांत—तुम्हारे पिताजी ने इस देश को जैसा देखा है—वही इसमें लिखा है—तुम्हारे पिताजी के जीवन की बातें इसमें लिखी हुई हैं। तुम्हारे पिताजी का असली परिचय यह डायरी है। *(अक्षय जीवन की तकिया के नीचे डायरी रख देते हैं।)* सचमुच में यह वसीयत से भी बड़ी संपत्ति है।

हृषि : आपके जाने से पहले बता दूँ समर बाबू—हम यानी हमारी स्कूल-कमेटी ने सोचा था कि कलकत्ता जाकर आपको बता

दूँ—लेकिन नहीं जा पाया—इसके लिए हम दुखी हैं। जब आप आ ही गए हैं, तो बता दूँ—

समर : क्या चाहते हो?

हृषि : इस वर्ष के शुरू में जीवन बाबू ने हमें बुलाया—स्कूल कमेटी के सदस्यों को भी आने को कहा—हमें कुछ मालूम नहीं था—उन्होंने कहा—अपनी सारी संपत्ति—मकान, ज़मीन—सब कुछ स्कूल कमेटी को दान करेंगे—और कहा—उनकी मृत्यु के बाद इस घर को अनाथ आश्रम बना देना—हमें उनकी बातें माननी पड़ेंगी—हम तैयार नहीं थे। ज़ोर देने लगे—जल्दी से बनाने के लिए—डॉक्टर बाबू भी हमारी कमेटी के मेम्बर हैं। हमने दस्तावेज़ बनाया—सबके सामने उन्होंने हस्ताक्षर किया—मुझसे भी हस्ताक्षर कराए—हम उनकी इच्छाओं को पूरा किए बिना नहीं रह सकते—असल में तो आप इसके उत्तराधिकारी हैं—हम आपके भी ऋणी हैं—

[सोमनाथ 1 नंबर कमरे में चला जाता है—नीचे से एक गाड़ी की आवाज़ आती है—सर्वानी देखने के लिए चली जाती है।]

समर : अच्छा ही हुआ है—पिताजी की इच्छानुसार जो करना चाहते हैं, करें।

[बच्चे उत्तेजित हैं, सर्वानी का प्रवेश।]

अलक : ओ. सी. की गाड़ी है, आपको खोज रहा है।

शैली : तेल लाया है।

[ओ. सी. का प्रवेश।]

ओ. सी. : हम तेल ले आए हैं—आपकी गाड़ी में तेल भर देते हैं—आप कब निकलेंगे? मैं स्काट कर के हाइवे पाइंट तक पहुँचा दूँगा—

समर : धन्यवाद—हम अभी निकलेंगे—पाँच मिनट में निकलेंगे। थोड़ा इंतज़ार कीजिए *(ओ. सी. बाहर निकलता है।)*

[बच्चों में उत्साह की लहर दिखती है—2 नंबर कमरे में समर आते हैं।]

समर : अक्षय काका, यदि आप कई दिनों तक यहाँ रहें, तो हम

निश्चिंत होकर जा सकते हैं। कलकत्ता जाकर सारी व्यवस्था करूँगा, फिर आप लोगों को ले जाऊँगा।

अक्षय : अब देरी मत करो—तुम लोग तैयार हो—निश्चिंत होकर जाओ।

शेफाली : पिताजी हम चल रहे हैं—आप ठीक से रहिएगा—

सर्वानी : तुम लोग दादा जी को प्रणाम करो

[बच्चे नमस्कार करते हैं, अलक नमस्कार नहीं करता है—सर्वानी सबको लेकर निकल जाती है।]

टुम्पा : *(अक्षय से)* दादा जी आप नहीं जाएँगे?

अक्षय : तुम लोग जाओ, गाड़ी भेज देना, फिर जाऊँगा। गाड़ी में इतने लोगों के जाने से दादा जी को कष्ट नहीं होगा? *(टुम्पा सिर हिलाती है।)*

समर : जाओ, तुम सभी गाड़ी में जाओ।

सर्वानी : जा रही हूँ अक्षय काका।

शेफाली : सोचा था कि सब एक साथ जाएँगे—चलती हूँ—

अक्षय : ठीक है।

समर : पिताजी मैं फिर आऊँगा—झमेला थोड़ा बंद हो जाए, अच्छी व्यवस्था करूँगा और आपको कलकत्ता ले जाऊँगा—आपको कलकत्ता जाना ही होगा—पिताजी मेरी बात समझ रहे हैं—*(जीवन बैठे हुए हैं—देख रहे हैं)* आप पिताजी की देख-रेख कीजिएगा—जा रहा हूँ—पुलिस की गाड़ी प्रतीक्षा कर रही है—धन्यवाद हृषि बाबू—धन्यवाद डॉक्टर बाबू—फिर मिलेंगे।

[जल्दी से नीचे उतरता है—सब निकल गए हैं—नीचे से कई गाड़ियों की आवाज़ आती है।]

[2 नंबर कमरा]

[जीवन सोए हुए हैं—अक्षय, हृषि बाबू, डॉक्टर, महेश का प्रवेश। डॉक्टर यांत्रिक ढंग से देखता है।]

हृषि : डॉक्टर बाबू दिन-रात अस्पताल में लगे हुए हैं—थक गए हैं—कई दिनों से सो नहीं रहे हैं—फिर भी कहा कि चलिए वहाँ से हो आते हैं।

अक्षय : डॉक्टर साहब, थोड़ा विश्राम करो—क्या करोगे—यदि रोग नहीं पकड़ पा रहे हो, तो क्या करोगे—कोई डॉक्टर कुछ नहीं कर पाएगा।

हृषि : आप जीवन बाबू के बारे में कह रहे हैं कि अस्पताल के बारे में—

अक्षय : एक ही बात—बीमारी पकड़ में नहीं आती है—यह बीमारी क्यों है—रोग समझे बिना कहीं इलाज होता है?

[बाहर से गाड़ी की आवाज़। समर, सर्वानी, सोमनाथ, शेफाली, बच्चे सब एक-एक कर आ रहे हैं। आतंकित हैं। 3 नंबर कमरे में प्रवेश करते हैं—समर 2 नंबर कमरे में जाता है।]

हृषि : क्या हुआ? आप लोग नहीं जा पाए?

समर : नहीं *(काँप रहे हैं—हाँफ रहे हैं।)*

हृषि : क्यों?

समर : लोग सड़क पर उतर आए हैं—गाड़ी नहीं जाने देंगे—पुलिस भी नहीं समझा पाई—वे लोग रास्ते से नहीं हटे—लोग आक्रामक बन गए हैं।

हृषि : आप लोगों को क्यों नहीं जाने दिया?

समर : कह रहे थे—खाना नहीं मिलने—दवा नहीं मिलने तक किसी गाड़ी को नहीं जाने देंगे—पुलिस की गाड़ी पर भी हमले शुरू हो गए हैं—ओ. सी. को भी साहस नहीं हुआ—क्या करते—हमारी गाड़ी पर हमला नहीं हुआ। पुलिस किसी तरह हमें वापस ले आई—उन लोगों को समझाना कठिन है—हम वापस नहीं जा सकते—*(कुर्सी पर बैठ जाता है।)*

[3 नंबर कमरा]

[टुम्पा रो रही है, शेफाली उसे चुप करा रही है—अलक आता है और रोने लगता है—सूटकेस पर पैर फेंकता है—महेश एक जग पानी और दो गिलास लेकर आता है।]

महेश : आप लोग पानी पीजिए—नाश्ता लाता हूँ।

[अलक महेश को धक्का देता है और पानी फेंक देता है।]

सर्वानी : अलक क्या कर रहे हो? पागल हो गए हो?

अलक : शटअप। *(रोने लगता है—उसको रोते हुए देखकर बच्चे भी रोने लगते हैं। सोमनाथ के मुँह पर घृणा और भय दिखता है। बाहर कुछ लोग चिल्लाते हैं—पड़ोसी आते हैं—मध्य-निम्न वर्ग के हैं—3 नंबर में)*

सोमनाथ : आप लोग कौन हैं? क्यों आ रहे हैं?

भीड़ 1 : हम लोग इसी इलाके में रहते हैं। जीवन बाबू पहचानते हैं—उनसे मिलने आए हैं।

सोमनाथ : इस तरह घर में नहीं घुसेंगे? यह क्या रास्ता है या बाज़ार?

1 नंबर : उनसे कहिए कि कालिया आया है—वे मुझे पहचानते हैं—वे हमारे साथ बात करेंगे।

[एक-एक कर कई लोग चले आते हैं।]

सोमनाथ : यह तो मुसीबत है! तुम उस कमरे में जाओ।

[सर्वानी, शेफाली बच्चों को लेकर 1 नंबर कमरे में जाती है। डॉक्टर बाबू 3 नंबर कमरे में जाते हैं। समर जीवन के कमरे से बाहर निकलता है।]

समर : क्या हुआ सोमनाथ?

सोमनाथ : देखो न—कोई बात नहीं, चीत नहीं। राज्य भर के लोग कमरे में घुसे आ रहे हैं। जाइए निकालिए—बाहर निकालिए।

समर : आप लोगों को क्या चाहिए?

2 नंबर : जीवन बाबू से मिलना चाहता हूँ।

सोमनाथ : बोल रहा हूँ, वे बीमार हैं। लेकिन ये लोग सुन ही नहीं रहे हैं। महेश को हमेशा कहता रहता हूँ गेट बंद करके रखने के लिए।

3 नंबर : महेश ने गेट बंद किया था—अक्षय बाबू ने गेट खोल दिया है और कहा कि जाओ मिलो।

समर : कौन?

3 नंबर : अक्षय बाबू।

सोमनाथ : देखो समर, बूढ़े की क्या अक़्ल है?

समर : आप कृपया चले जाएँ। वे बोल नहीं पा रहे हैं। मिलने से कोई लाभ नहीं होगा।

1 नंबर : जीवन बाबू से बातचीत करूँगा—अंततः वे सुन तो पाएँगे।

समर : वे बीमार हैं, नहीं मिलेंगे।

2 नंबर : कहिए कालिपद, अनिसुर आए हैं–वे हमेशा हमसे बातचीत करते थे। आप क्यों बोल रहे हैं कि वे नहीं मिलेंगे। आप कौन हैं?

समर : आप मुझे नहीं पहचानते हैं? मैं उनका लड़का हूँ। मैं आपसे अनुरोध कर रहा हूँ, कृपया आप चले जाएँ।

2 नंबर : हमें जाने दीजिए–दो बातें करने दीजिए।

[आगे बढ़ना चाहता है–सोमनाथ हाथ से रोकता है।]

सोमनाथ : जो बोलना है, हमें बताएँ, हम जाकर उन्हें बताएँगे।

1 नंबर : नहीं–जीवन बाबू को ही कहेंगे–

2 नंबर : सिर्फ़ एक बार मिलने दीजिए। *(घर लोगों से भर जाता है।)* वे नहीं बोल पा रहे हैं, लेकिन मिलने तो दीजिए। कभी भी हमें वापस नहीं किया है।

सोमनाथ : आप अधिक बोल रहे हैं। ज़ोर-ज़बर्दस्ती घर में घुसना चाहते हैं–ठीक नहीं है।

1 नंबर : वे नहीं मिलेंगे–सच में नहीं मिलेंगे? हमारी बात कौन सुनेगा? वे नहीं सुनेंगे–चलो चलते हैं–कभी नहीं आएँगे–ज़रूरी नहीं है–जीवन बाबू मर गए–

3 नंबर : नहीं, हम तो मिलकर ही जाएँगे।

सोमनाथ : आई से, गेट आउट। *(धक्का-मुक्की, भीतर से हृषि बाबू और डॉक्टर आते हैं।)*

हृषि : ज़ोर ज़बर्दस्ती नहीं करें–मैं हाथ जोड़ रहा हूँ।

[भीड़ शांत होती है–एक-एक कर बैठ जाते हैं। डॉक्टर देखता है।]

[1 नंबर कमरा]

[सर्वानी, शेफाली और बच्चे आते हैं।]

हृषि : मुझे माफ़ कीजिए–ऐसा संकट होगा–कोई जानता नहीं था–आप भयभीत न हों–हम सभी हैं *(सोमनाथ से)* आप उत्तेजित हो गए हैं–थोड़ा उस घर में जाएँ। मैं देख रहा हूँ।

सोमनाथ : मैं चला जाऊँ। क्यों आलतू-फ़ालतू बोल रहे हैं–आप यहाँ

के धनी हैं—पहले उन लोगों को यहाँ से निकाल दीजिए।

हृषि : *(हैरान)* माफ़ कीजिए—मैंने कुछ ग़लत कहा—आपको असुविधा है—हम चेष्टा कर रहे हैं—लेकिन नहीं हो पा रहा है।

सोमनाथ : आप कुछ नहीं कर पाएँगे, उन लोगों को लेकर चले जाएँ। *(हृषि बाबू शांतिपूर्वक बाहर निकल जाते हैं।)*

शेफाली : तुम उनको इस तरह क्यों बोल रहे हो—वे क्या करेंगे—क्या करेंगे?

सोमनाथ : गाँव के स्कूल के मास्टर का उपदेश नहीं सुनूँगा। सिविल सोसाइटी नहीं है—भद्रता दिखाने से कोई लाभ नहीं होगा। हेडमास्टर को देखकर नफ़रत हो रही है—ख़ाली पाँव लेकर क्यों आया? तुम्हारे पिताजी का शिष्य—रास्कल—तुम्हारे पिताजी की संपत्ति को मार दिया है—और किसी धंधे में घूम रहा है—

सर्वानी : सोमनाथ अपने आपको संयत करो।

सोमनाथ : मुझे एडवाइज़ देने की ज़रूरत नहीं है।

शेफाली : भाभी प्लीज़।

सर्वानी : तुम रुको। *(सर्वानी महेश से)* महेश आओ—तुम हृषि बाबू से कहो कि मैं बुला रही हूँ—*(महेश हृषि बाबू को बुलाता है—हृषि बाबू सिर नीचे किए हुए खड़े हैं—समर भी आता है।)* हृषि बाबा आप किसी की बात पर ध्यान नहीं देंगे। मुझे माफ़ कर दीजिएगा। *(बैग से 100 (सौ) रुपये के दो नोट निकालती है।)* बच्चों के लिए कुछ ला दीजिए—बच्चों को भूख लग गई—आपके अतिरिक्त और कोई नहीं ला सकता।

हृषि : दूकान-बाज़ार में कुछ भी नहीं है, फिर भी जो संभव है—कर रहा हूँ।

सर्वानी : रुपया लीजिए—

हृषि : नहीं—रुपया नहीं ले पाऊँगा। महेश, मेरे घर जाओ—यह चाबी है—मेरी चौकी के नीचे चावल-दाल और कुछ हो तो, ले लेना। एक झोला ले जाओ—जल्दी जाओ और जल्दी

से आना। सावधान–

सर्वानी : और कुछ नहीं मिलेगा?

हृषि : कहीं कुछ नहीं मिलेगा। चलो, मैं भी तुम्हारे साथ चलूँगा–महेश। डॉक्टर बाबू आप उन लोगों को रोकिए। *(महेश और हृषि चले जाते हैं।)*

[3 नंबर कमरा]

डॉक्टर : आप लोग जीवन बाबू के पास आए हैं, तो? अस्पताल में रोगियों की भर्ती नहीं हो रही है–मैं व्यवस्था करूँगा–रोगी का नाम बताओ–कहाँ का है–मैं व्यवस्था करता हूँ–एंबुलेंस भेजता हूँ–जीवन बाबू अस्वस्थ हैं–वे क्या करेंगे?

2 नम्बर : अस्पताल में रोगी का इलाज नहीं हो रहा है। लोग मर रहे हैं–हमें कोई नहीं देखेगा।

डॉक्टर : मैं जाकर व्यवस्था करूँगा–

2 नम्बर : अस्पताल में भी तो लोग मर रहे हैं, सही इलाज नहीं हो रहा है।

डॉक्टर : एक-दो दिन बीत जाए–व्यवस्था हो जाएगी। इतना बड़ा संकट होगा–कोई जानता नहीं था।

1 नम्बर : आप हमारे इलाके में चलकर देखिए?

डॉक्टर : थोड़ा समय दीजिए। ज़रूर जाऊँगा।

1 नम्बर : तब तक हम यहाँ बैठते हैं।

डॉक्टर : अच्छा, मैं अभी चल रहा हूँ। चलिए। *(डॉक्टर उन लोगों के साथ चला जाता है।)*

[जीवन बाबू का कमरा। रात। कमरे में अक्षय और समर हैं।]

सोमनाथ : आपने जो किया, वैसा कोई सेंसिबल आदमी नहीं करता–एक बीमार व्यक्ति के समक्ष इतने लोगों को हाज़िर कर दिया। यह भी नहीं सोचा कि घर में महिलाएँ हैं। किस बुद्धि से आप ने अनजाने, असभ्य लोगों को घर में आने दिया–मैं समझ नहीं पाता। यही सब लेकर तो राजनीति की है। जैसे आप हैं, वैसी आपकी राजनीति! सबको मिलाकर–एक बड़ी मूर्खता।

समर : आपने इतने लोगों को घर में क्यों आने दिया—अक्षय काका। मैं भी नहीं समझ सका। आप तो सोच-समझ कर सब काम करते हैं।

अक्षय : जो आए थे, वे क्या बाहर के थे?

समर : बाहर के नहीं थे?

सोमनाथ : समर, उनका माथा ख़राब हो गया है। छोड़ो वह सब...।

अक्षय : सोमनाथ ठीक से बोलो।

समर : क्या हो रहा है सोमनाथ।

अक्षय : वे तुम्हारे लिए बाहर के हैं—जीवन के लिए वे बाहर के नहीं हैं। जीवन ने उन्हीं लोगों को लेकर जिया है। उन लोगों की तरह हम जीवन के साथ नहीं रहे हैं। सोचकर देखो, तो तुम लोग ही बाहर के हो और वे जीवन के घर के हैं। जीवन के पास से उन्हें भगाने वाले तुम कौन होते हो?

सोमनाथ : हम कौन हैं? हम उनके अपने हैं—नहीं जानते हैं?

अक्षय : वे ही उनके अपने हैं।

सोमनाथ : क्या आप बोलना चाहते हैं—हम इस घर में कोई नहीं हैं।

अक्षय : यह घर हमारा नहीं है—जीवन की वसीयत भी यही कहती है—सब उन लोगों का है—

सोमनाथ : तो हम कोई नहीं—

अक्षय : तुम जैसा सोचो।

सोमनाथ : नहीं, बात बढ़ाने से कोई लाभ नहीं है। मैं भीतर जा रहा हूँ।

[सोमनाथ भीतर जाता है।]

अक्षय : सुनो समर, इस तरह की बात बोलना मेरी इच्छा नहीं थी। लेकिन सोमनाथ को बोलने के अलावा और कोई उपाय नहीं था।

समर : आपने ठीक कहा। सचमुच में पिताजी जैसे लोग मिलेंगे?

अक्षय : कई दिनों से चारों ओर से लोग जीवन बाबू से मिलना चाहते थे। दुःख चारों ओर फैल गया है। विपत्ति में जीवन के पास आते हैं—जीवन एक भरोसा है—बचने की राह मिलती है। लेकिन गेट बंद होने के कारण वे नहीं आ पा रहे थे।

समर : मैंने महेश को मना किया था।

अक्षय : मैंने आज उन्हें आने को कहा—पहले कभी नहीं कहा था—मैंने कहा था—जीवन का ख़ुद ट्रीटमेंट करूँगा। इसलिए उन लोगों को आने दिया।

समर : वे क्या करेंगे?

अक्षय : जब से आया हूँ, तभी से संदेह है—जीवन बोलना चाहता है, लेकिन नहीं बोलता। यह संदेह झूठ भी हो सकता है। लेकिन मेरा मन अभी भी यही कह रहा है। जीवन सोच रहा है, देश दिशाहारा हो गया है—रुक गया है—प्रगति नहीं कर रहा है। कुछ करने से कोई लाभ नहीं है। इसलिए शायद वह नहीं बोल रहा है। वह चुप हो गया है। इसलिए लोगों को मैंने उसके सामने आने दिया, उन्हें देखकर कुछ बोले। मैंने सोचा कि शायद उनको देखकर कुछ कहे। यही मेरा इलाज था। मालूम नहीं—तुम लोगों ने इसको किस तरह देखा—इसके अतिरिक्त और मैं कर ही क्या सकता हूँ। मैंने क्या ग़लती की है, समर?

समर : आपने कोई ग़लती नहीं की। मैं समझ नहीं पाया, सोचा भी नहीं। लोगों से ग़लती तो हो जाती है। मैं सभी को लेकर एक भयानक परिस्थिति में फँस गया। किस तरह एक विपत्ति में फँस गया? अक्षय काका क्या करूँ, आप ही बताएँ।

अक्षय : डरो नहीं—43 का अकाल नहीं देखा है और 46 का दंगा भी नहीं। लोग कैसे मरते हैं—नहीं देखा है। देश का विभाजन नहीं देखा है, बेतरतीब भीड़, लंगड़ख़ाना नहीं देखा है। अंग्रेज़ों की शैतानी और हमारी गुलामी कुछ भी नहीं देखा है। मरते-मरते हमने ये सब देखा है। अभी हम आज़ाद हैं—तब क्यों डरते हो? स्थिति बदल गई है—हम तो हैं। हाँ ग़लती हुई है, जितना कुछ करना था, नहीं हो पाया। जो किया, उसमें कुछ ग़लतियाँ रह गईं—उसका फल मिल रहा है। हमने सपने देखे थे—इच्छा-आकांक्षा थी—कोई तो सोच नहीं पाया कि रोटी और कपड़ा नहीं मिलेंगे—इलाज

और दवा के बिना लोग मरेंगे—ग़रीब बच्चे स्कूल नहीं जाएँगे? यह कल्पना से बाहर की बात थी। यह सब दुःस्वप्न था! किसने सोचा था कि मंदिर-मस्ज़िद लेकर लड़ाई होगी—आग लगेगी—ख़ून बहेगा—घर जलेंगे।

समर : अक्षय काका ऐसा क्यों हुआ?

अक्षय : पचास वर्ष बीत गए हैं—लम्बा समय—कुछ लोगों को रुपये का दंभ है—पैसा है—उल्लास है—दूसरी ओर देह पर कपड़े नहीं हैं, ख़ाली पेट घूम रहे हैं—आज़ाद देश आज भी पराधीन है—पहाड़ जैसी समस्या है। समस्या परत-दर-परत जमती जा रही है।

समर : इसी तरह चलेगा?

अक्षय : नहीं, ऐसा नहीं चल सकता है—अधिक दिनों तक ऐसा नहीं चलेगा—कोई न कोई रास्ता निकलेगा। हमें रास्ता निकालना होगा। लेकिन जिसे आज सबसे अधिक बोलना है, वह चुपचाप बैठा है।

समर : एक ऐसी स्थिति जहाँ हमें डर लगता है। बच्चों की क्या स्थिति है समझ में आ रही है। एक संकट ने हमें घेर लिया है। इससे निकलना मुश्किल है। चारों ओर लोग मर रहे हैं। सबके भीतर डर छिपा हुआ है। जीना मुश्किल हो गया है—बड़ा भयानक समय है।

अक्षय : इसी से डर रहे हो? तुम किसके बेटे हैं, मालूम नहीं? तुम मत डरो।

समर : यह सब सुनकर टुम्पा डर गई है। बोल नहीं रही है। भयभीत हो गई है।

अक्षय : टुम्पा कहाँ है?

समर : माँ के पास है। कुछ खा नहीं रही है। बीच-बीच में डरती है।

अक्षय : मेरे पास उसे दे जाओ।

समर : जा रहा हूँ। *(समर चला जाता है। अक्षय जीवन के पास जाता है।)*

अक्षय : बहुत हुआ जीवन। अब अंतिम फ़ैसला। चारों ओर लोग

मर रहे हैं और तुम सिर्फ़ सुन रहे हो? बच्चे डर से काँप रहे हैं—तुम सिर्फ़ सुन रहो हो? तुम एक पॉलिटिकल वर्कर—जैसे कान बंद नहीं होता है, उसी तरह बात भी बंद नहीं होती है। तुम्हारी डायरी में यह लिखा हुआ है। डायरी को सँभाल कर रखे हुए हो। यदि नहीं बोलोगे, तो डायरी फेंक दूँगा—जला दूँगा। किसलिए रखे हुए हो? क्यों?

[समर टुम्पा को लेकर आता है।]

समर : अक्षय काका! अक्षय काका!

अक्षय : आओ टुम्पा। *(टुम्पा को लेकर जीवन बाबू के पास बैठते हैं। समर चला जाता है।)*

अक्षय : तुम डर रही हो?

टुम्पा : हाँ।

अक्षय : डरो नहीं। मैं हूँ, हम सब हैं। तुम्हारे दादा जी हैं। तुम्हारे दादा जी किसी से डरते नहीं। और जो डरते हैं उसे निडर बना देते—फिर वह भी नहीं डरता।

टुम्पा : लेकिन दादा जी नहीं बोल रहे हैं।...

अक्षय : दादा जी को बोलना ही पड़ेगा। नहीं तो तुम्हारा डर कैसे दूर होगा? यही तो? *(टुम्पा सिर हिलाकर हाँ करती है।)*

अक्षय : दादा जी को बोलने के लिए कहो।

टुम्पा : दादा जी हमारे साथ बातचीत कीजिए।

अक्षय : वह तुम्हारे साथ बोलना चाहता है—तुम बात करो। उसके साथ बातचीत करो।

टुम्पा : दादा जी बोलेंगे नहीं।

अक्षय : उसे बोलना होगा। जीवन, टुम्पा को डर लग रहा है—उठो—आज तुम्हें बोलना होगा। मुझसे मत बोलो, और किसी से मत बोलो—लेकिन उसके साथ ज़रूर बातचीत करो। उसने क्या ग़लती की है? चारों ओर डर—चारों ओर अंधकार—तुम क्या उन्हें छोड़ सकते हो? कोई नहीं सुनेगा तुम्हारी बात। उठो, अपनी बात बताओ।

[जीवन उठता है। डायरी निकालता है। डायरी लेकर टुम्पा को गोदी में उठा लेता है।]

इतिहास का फ़ैसला

पात्र

अवकाशप्राप्त अध्यापक, अध्यापक की पत्नी,
अध्यापक का घरेलू तुर्की नौकर,
अध्यापक का लड़का ग्रीन, अध्यापक की भतीजी मेरी,
नागरिक, मेयर, जनता, पुलिस

पहला दृश्य

[बर्लिन की दीवार गिर चुकी है। उत्सव का माहौल। आतिशबाज़ी, रास्ते पर भीड़। मंच पर जुलूस। सभा शुरू होती है।]

घोषणा : दोनों जर्मनी के बीच दीवाल गिर चुकी है।
दोनों जर्मनी के बीच दीवाल गिर चुकी है।
दोनों जर्मनी के बीच की दीवाल गिर चुकी है।

घोषणा : आज से दोनों जर्मनी एकजुट हो गया।
आज से दोनों जर्मनी एकजुट हो गया।
आज से दोनों जर्मनी एकजुट हो गया।

घोषणा : आज से नए जर्मनी की यात्रा शुरू हुई।
आज से नए जर्मनी की यात्रा शुरू हुई।
आज से नए जर्मनी की यात्रा शुरू हुई।

वक्ता 1 : इतिहास में आज का दिन स्वर्णाक्षरों में लिखा जाएगा। आज का दिन हमारे लिए सबसे अच्छा है। यह हमारे जीवन का सबसे महत्त्वपूर्ण दिन है। हम दो जर्मनी एक हुए। हम दोनों एक हुए। जनतंत्र की विजय हुई है।

वक्ता 2 : हमारे देश को विभाजित कर दिया गया था। कम्युनिस्ट सोवियत संघ ने हमारे देश को बाँट दिया था। उस अन्याय के विरुद्ध ऐतिहासिक न्याय की जीत हुई है। कम्युनिस्टों की हार हुई है। अब जर्मनी एकजुट हो गए हैं। यूरोप में जर्मनी का मान-सम्मान बढ़ेगा। हम यूरोप की श्रेष्ठ जाति हैं। पूरी दुनिया में जर्मनी...

[एक छोटा-सा जुलूस आता है। यह जुलूस नात्सी का है। महान् जर्मनी ज़िन्दाबाद, हिटलर ज़िन्दाबाद]

एक युवक : एक पवित्र दिन की शुरुआत हुई। देश के भीतर चाहे जितने दुश्मन हों, सभी के विरुद्ध लड़ाई की जाएगी। इन दुश्मनों का भार जर्मनी अब नहीं ढो सकता है। जो कम्युनिस्टों के गुप्तचर हैं, जो यहूदी हैं, जो काले आदमी हैं–अब वे इस पवित्र धरती पर नहीं रह सकते हैं। वे हमारे वातावरण को क्यों दूषित करेंगे। सभी को यहाँ से जाना पड़ेगा। किसी भी विदेशी को जर्मनी में नहीं रहने देंगे। यदि ख़ुद यहाँ से नहीं जाता है, तो उसे जलाकर मार दूँगा। हिटलर की हार जर्मनी के लिए दुर्भाग्यपूर्ण घटना है। हिटलर के सपने साकार होंगे–'हिटलर ज़िन्दाबाद।'

[लड़ाई शुरू होती है, एक वियतनामी व्यक्ति को मारकर मंच पर छोड़ दिया जाता है।]

बूढ़ी महिला : कौन है? उसे क्यों मार रहे हो?

युवक 1 : वियतनामी। कम्युनिस्ट शैतान हमारे देश को अपवित्र करने के लिए आया है।

बूढ़ी महिला : उसको जान से मत मारो।

युवक 2 : हटो। हमारे त्यौहार में उसकी ही ज़रूरत है। उसे मार दूँगा। देशभर में ख़बर फैलेगी कि जर्मनी में विदेशियों के लिए कोई जगह नहीं है।

[उस लड़के को लाठी से मारता है। एक-दो व्यक्ति उसे छुड़ाने के लिए जाते हैं। इसी बीच पुलिस आती है। भीड़ छँट जाती है। पार्थिव शरीर वहीं पड़ा रहता है। महिला वहीं खड़ी है।]

बूढ़ी महिला : वही पुराने दिन। तीस-चालीस वर्ष के पहले की घटना फिर वापस आ गई। वही हाल...

[कई लोग झुककर पार्थिव शरीर को देखते हैं। नात्सी दल वापस आ गया।]

युवक 1 : भागो। छूना मत। इस शैतान मुर्दे को छूने में भी पाप है। यदि जर्मनी का गर्व होगा, तो इसे मत छूना।

[पुलिस आती है। कुछ मध्यम वर्ग के लोग आते हैं। नात्सी हँसते हैं।]

नागरिक 1 : *(पुलिस)* आपको पहले सतर्क होने की ज़रूरत थी।

पुलिस : वे इस तरह के कुकर्म करेंगे–मालूम नहीं था।

नागरिक : पार्थिव शरीर उठाने की व्यवस्था कीजिए।

पुलिस : हमने ख़बर भेज दी है–

नागरिक 2 : मेयर को बताना होगा, ताकि दोबारा इस तरह की घटना न घटे। नागरिक परिषद की सभा बुलानी होगी। इस पवित्र दिन पर, जब हमारे देश में उत्सव हो रहा है, तब इस तरह ख़ून करना ठीक नहीं है।

नागरिक 1 : नात्सी बहुत दिनों से सक्रिय हो उठे थे–इस पर नज़र रखनी ज़रूरी थी।

पुलिस : हमें किसी तरह के आदेश नहीं दिए गए थे।

नागरिक 1 : क्या मतलब?

पुलिस : इसके प्रति क्या कदम उठाने होंगे, किसी तरह का आदेश नहीं दिया गया है।

नागरिक 1 : वे हिंसा फैला रहे हैं–कुत्सा प्रचार कर रहे हैं–ख़ून कर रहे हैं।

पुलिस : सब कुछ जानते हैं, लेकिन क्या करें, यही नहीं जानते हैं।

नागरिक 1 : अद्‌भुत परिस्थिति है।

नागरिक 2 : राजनीतिक स्तर पर बहस ज़रूरी है। नहीं तो परिस्थितियों पर काबू पाना असंभव है।

[थोड़ी देर के लिए मंच पर अंधकार हो जाता है। वही अभिनेता रहते हैं, लेकिन चरित्र बदल जाता है। अदालत लगती है।]

मित्रपक्ष का वकील : जर्मनी के इतिहास के काले अध्याय के लिए आप ज़िम्मेदार हैं। आप जर्मनी के लिए कलंक हैं। आपके अपराधों ने सभ्यता के इतिहास को ढँक दिया। इसके लिए जर्मनी को क़ीमत चुकानी पड़ी है। दुनिया में आपका क्या परिचय है–आपको सभ्यता विरोधी, आतंकवादी और हिंसक के रूप में जाना जाता है।

जर्मनी वकील : नहीं, हमने जो कुछ भी किया था, जर्मनी के लिए किया था। जर्मनी के लोगों का समर्थन प्राप्त था। नात्सी के पीछे

बहुमत था।

मित्रपक्ष का वकील : जनतांत्रिक रास्ते से आपको समर्थन नहीं मिला है। आपने जनतंत्र को ध्वस्त किया है। आपने लोगों के खिलाफ़ काम किया है। अक्षम्य अपराध किया है। संविधान, कानून व्यवस्था, संसदीय-व्यवस्था, न्यायालय सब कुछ ध्वस्त कर दिया है। 'राइरवस्टैंग-भवन'—जर्मनी के संसद भवन में आग लगा दी। ख़ून, गुंडागर्दी के ज़रिये आपने सत्ता हथिया ली है। विरोधी राजनीतिक दलों पर अत्याचार किया है। '29 के भयावह आर्थिक संकट और बेरोज़गारी का नाजायज़ फ़ायदा लूटा है।

जर्मनी वकील : हमने जो कुछ भी किया है सब कुछ जर्मनी के लिए किया है। यूरोप ने जर्मनी के खिलाफ़ षड्यंत्र किया है। उस षड्यंत्र को समझौता कहा गया और हमारे ऊपर ज़ोर-ज़बर्दस्ती थोप दिया गया। हमारे आत्म-सम्मान के विरुद्ध यह समझौता था। इसलिए हमने स्वीकार नहीं किया। जातीय अवहेलना से राष्ट्र को स्वाधीन करना ही हमारा लक्ष्य था।

मित्रपक्ष का वकील : इसलिए आपने फासीवाद का रास्ता चुन लिया। कम्युनिस्ट, समाजवादी, जनतांत्रिक, उदारपंथी किसी भी विचारधारा को स्वीकार नहीं किया। इसलिए आपने विरोधी दलों के नेताओं का ख़ून किया है। हिंसा-आतंक-ब्लैकमेल और षड्यंत्र आपके कार्यक्रम हैं।

जर्मनी वकील : नहीं, जर्मनी-जाति को एकजुट करना हमारा कार्यक्रम था। हमने षड्यंत्र के खिलाफ़ प्रतिरोध खड़ा किया। जर्मनी के हितों के लिए किया है।

मित्रपक्ष का वकील : आपकी राजनीतिक विचारधारा क्या है? आप सबसे अधिक प्रतिक्रियावादी हैं, मानव-विरोधी हैं। नात्सी का दर्शन हिटलर का ही विचार था—सुपरमैन। महामानव—जातीय घमंड। आपने युद्ध-हिंसा को अपनी पार्टी का मूल-मंत्र बना दिया और आपके पीछे पूँजीपतियों का झुंड आकर खड़ा हो गया। पूरे देश को दुनिया जीतने के नशे में झुमा दिया। जिसने विरोध किया, उसकी टिकट कटवा दी।

जर्मनी वकील : हिटलर ने जर्मन-जाति के गौरव को पुनः प्रतिष्ठित किया। जर्मन-जाति को नया आलोक मिला। शिक्षा-संस्कृति—सुरक्षा बल सभी जगहों पर एक नई आशा फैल गई।

मित्रपक्ष का वकील : इसके लिए आपने तर्क, न्याय, मानवता सब कुछ को तिलांजलि दे दी। सांप्रदायिक सौहार्द, विज्ञान, मानव-मूल्यों का विरोध करना ही आपका मूल लक्ष्य है। हिटलर ने कलाकारों, वैज्ञानिकों को देश से निकलने के लिए बाध्य कर दिया। नात्सी ने कई कलाकारों, वैज्ञानिकों की हत्या कर दी। विज्ञान, साहित्य, कला की अच्छी-अच्छी किताबों को जला दिया गया। आइंस्टाइन, एच. जी. वेल्स, टामस्मान के साथ क्या न्याय हुआ था। आंद्रेजीद, जोला, प्रुस्त, जैक के साथ क्या हुआ? जर्मनी को अँधेरे कुएँ में धकेलने की कोशिश की गई। यह सब तो युद्ध की तैयारी थी।

जर्मनी वकील : नहीं, जर्मनी ने ख़ुद युद्ध शुरू नहीं किया था। मसो-समझौता को नहीं माना, इस अन्याय को हम कैसे मान लेते।

मित्रपक्ष का वकील : कोई भी देश इसे नहीं मान सकता है। हिटलर ने लिखा था—'स्थायी युद्ध के बीच मनुष्य सच्चे बन जाते हैं। और स्थायी शांति ध्वंस को आमंत्रण देती है।' इसी ध्वंस के लिए आप हरेक जगह तैयार थे। 1934 में आपने शिक्षा-व्यवस्था लागू की। सैनिक पर 1.5 हिस्सा से बढ़ाकर 18.1 हिस्सा ख़र्च कर दिया। देश को युद्ध में झोंक दिया। आपने स्पेन में फ्रंक्को, मुसोलिनी के आवासिनिया हमले, जापान में मांचुरिया दख़ल को प्रोत्साहित किया था। बर्लिन से महायुद्ध की शुरुआत हुई थी।

जर्मनी वकील : नहीं। जर्मनी अपने आत्मसम्मान में लगा हुआ था। हम देश को बनाने में लगे हुए थे। कला-संगीत सभी क्षेत्रों में हमने नया ज्वार ला दिया था।

मित्रपक्ष का वकील : हाँ, जानते हैं स्टालिनग्राद में हार हुई, इस ख़बर से विचलित हुए। बर्लिन रेडियो ने यह ख़बर भी नहीं दी। यह सच है कि आपने नात्सी अभियान शुरू किया था। आपने सोचा था कि पृथ्वी की सभ्यता को ही नष्ट कर देंगे। लेकिन

ऐसा नहीं हुआ। आप ख़ुद ध्वस्त हो गए।

जर्मनी वकील : हाँ, यह एक अंतर्राष्ट्रीय साज़िश का हिस्सा हो सकता है।

मित्रपक्ष का वकील : हाँ, साज़िश, आपने ही तो साज़िश की थी। हिटलर, गोयबल्स, गोयरिंग, हिमलर, रिबेनट्रप, हरेहरेन, झाइटेल, टाईचर, बेरेटमैन, फ्रांक, राईडर, डलिटज, ब्रुनर, बराटन, स्पियर, रोजेनवार्ग फ्रांक लिक—जैसे 24 आदमी इस षड्यंत्र के नायक थे। *(इधर नाम ले रहा है, और उधर पर्दा गिर रहा है।)*

दूसरा दृश्य

[एक परिवार। अवकाशप्राप्त अध्यापक, लेकिन विश्वविद्यालय के सदस्य हैं। उनकी पत्नी है। तुर्की नौकर रात का खाना दे रहा है।]

अध्यापक : देरी हो रही है। अभी तक मेरी को वापस आ जाना चाहिए था। मुझे चिंता हो रही है। रास्ता अच्छी तरह नहीं जानती है। शायद रास्ता भूल गई है। इसलिए देरी हो रही है।

पत्नी : मेरी क्या यहीं रहेगी? तुम्हारी यही इच्छा है?

अध्यापक : हाँ। यदि वह शोध करना चाहती है, तो उसे यहीं रहना होगा। हमारा विश्वविद्यालय उसी की जगह है। उसकी तरह की बुद्धिमान लड़की कम हैं।

पत्नी : क्या वहाँ रहकर शोध नहीं कर सकती है।

अध्यापक : संभव नहीं है। वहाँ सब कुछ अनिश्चित है। मैंने उसे समझाया है—उसकी असली जगह यही है। मैं विश्वविद्यालय में उसके लिए जगह बना दूँगा। यही सब उसे समझाऊँगा। लेकिन वह देरी कर रही है।

पत्नी : जो कुछ भी करो, सोच-समझकर करो।

अध्यापक : क्यों? तुम्हारा बेटा उसे पसंद नहीं करता है? याद रखो तुम्हारे लड़के से मेरी भतीजी अधिक बुद्धिमान है। तुम्हारे बेटे को विश्वविद्यालय में कोई स्थान नहीं मिलेगा। लेकिन मेरी ने अपनी प्रतिभा से वहाँ जगह बना ली है।

पत्नी : बर्लिन से आना भी कठिन है। डर लगता है।

अध्यापक : किस बात का डर?

पत्नी : जो उधर से आते हैं, पुलिस उनका रिकॉर्ड देखती है। परिचय पूछती है।

अध्यापक : यदि पूछना चाहती है, पुलिस, तो पूछे। इससे क्या होगा?

पत्नी : उससे मुझे भी कुछ कठिनाई हो सकती है।

अध्यापक : कठिनाई–कैसी कठिनाई, क्या वह अपराधी है! वह हमारे परिवार की बेटी है। मेरे भाई की बेटी है। मेरे भाई राष्ट्र प्रेमी थे। जर्मनी सेना में बड़े अधिकारी थे। देश के लिए युद्ध में मारे गए।

पत्नी : तुम्हारे भाई की बात नहीं बता रही हूँ, मेरी की बात कह रही हूँ।

अध्यापक : वह प्रतिभावान लड़की है–शोध करने में अद्भुत है–मैंने तो उसे पढ़ाया है। देखा है। वह अभी बर्लिन से आ रही है। वह हमारे परिवार की लड़की है।

पत्नी : मुझे पुलिस को पहले ही बता देना चाहिए था। एक रिपोर्ट भी जमा करना उचित होता।

अध्यापक : नहीं...नहीं यह ठीक नहीं होगा। अन्याय होगा। उस पर संदेह क्यों कर रही हो। किसका संदेह है, किसका डर है। भतीजी की ख़बर पुलिस से लगानी होगी। पुलिस विभाग जो कर रहा है! पूछो मत–तुम क्या कर रही हो। मुझे यह पसंद नहीं है।

[ग्रीन का आगमन। माथे पर बैंडेज है।]

ग्रीन : निज़ाम कहाँ है?

पत्नी : क्या हुआ? माथे पर किसने मारा है। कोस यहाँ है। निज़ाम रसोईघर में है।

ग्रीन : निज़ाम जाओ। उसे यहाँ से भगा दूँगा। इस घर में उसके लिए जगह नहीं है।

पत्नी : क्यों? क्या हुआ है? निज़ाम क्या कर रहा है?

ग्रीन : कुछ नहीं हुआ। इस घर में वह नहीं रह सकता है। मैं उसे अभी तुरंत भगा दूँगा। *(रसोई घर में जाता है।)* अभी तुरंत भागो। *(मारता है।)*

पत्नी : क्यों मार रहे हो? क्या कर रहे हो?

ग्रीन : सभी बदमाश हैं। तुर्की हैं। हमारी पवित्र धरती को अपवित्र कर रहे हैं।

पत्नी : वह हमारा काम करता है। वह हमारे घर का लड़का है।

ग्रीन : नहीं जर्मनी को छोड़कर यहाँ किसी के लिए जगह नहीं है। *(मारता है)*

पत्नी : मत मारो, मत मारो।

ग्रीन : इतना साहस—रास्ते में मारता है। हमने ख़ून दिया है। *(मारपीट का दृश्य)*

नौकर : क्या बोल रहे हैं, छोटे बाबू। मेरा जन्म इस देश में हुआ है। पचास वर्ष से हम इस घर में रह रहे हैं। आपके परदादे के ज़माने से मैं इस घर में हूँ। आपको गोदी में लिया है। आपके पिताजी ने मुझे लिखना-पढ़ना सिखाया है। मैं जर्मनी नहीं हूँ, तुर्की हूँ। मैं नौकर हूँ? इसलिए आप मुझे मारेंगे।

पत्नी : रास्ते में कौन-क्या कर रहा है—उसके लिए वह मार खाएगा। उसको मारना उचित नहीं है।

अध्यापक : आश्चर्य हो रहा है कि तुम मेरे बेटे हो।

ग्रीन : नहीं मैं जर्मनी की संतान हूँ—एकदम विशुद्ध संतान हूँ।

अध्यापक : तुम्हारे जैसे विशुद्ध जर्मनी को देखकर लज्जित हूँ।

[मेरी का प्रवेश। ग्रीन आक्रोश में निकल जाता है।]

पत्नी : तुम खाकर जाओ? कहाँ जा रहे हो—

[ग्रीन जवाब दे रहा है। पत्नी पीछे-पीछे जा रही है।]

अध्यापक : मेरी क्या हुआ था, तुम्हें? मुझे काफ़ी चिंता हो गई थी।

[मेरी चश्मा खोलती है। और फिर पहनती है। टेबल पर

सिर नीचे करके रो पड़ती है।]

अध्यापक : क्या हुआ है, तुम्हें–

मेरी : कुछ नहीं।

अध्यापक : सिर-मुँह पर किस का दाग़ है?

मेरी : कुछ नहीं।

अध्यापक : बोलो (पत्नी का प्रवेश)

मेरी : सिर में थोड़ी चोट आयी है।

अध्यापक : क्या हुआ है? क्यों रो रही हो?

मेरी : नहीं, मैं ठीक हूँ।

अध्यापक : तुम्हें दुःख पहुँचा है। दवा लगेगी? डॉक्टर बुलाऊ? क्या हुआ है, बोलो तो।

मेरी : पुस्तकालय में थोड़ी देरी हो गयी। बाहर निकलने पर देखा कि रास्ता पूरा फांक्रा है। सारे रास्ते से तो परिचित हूँ नहीं, एक आदमी से पूछा–देखा–थोड़ी ही देर में कई लड़के सामने आ गये–पूछने लगे कहाँ से आ रही हो? मैंने कहा–बर्लिन से।

अध्यापक : वे क्यों पूछ रहे थे?

मेरी : पता नहीं। मैंने उनके सवाल का पहले जवाब भी नहीं दिया।

अध्यापक : उसके बाद।

मेरी : उन लोगों ने मुझे एक सिनेमा घर की ओर संकेत करते हुए कहा कि इस सिनेमा घर का क्या नाम है। मैं जवाब नहीं दे पायी। वे सभी हँसने लगे। मैंने कहा–मैं बर्लिन से आयी हूँ तब...(रोने लगी)

अध्यापक : *(ज़ोर से)* क्या किया बोलो?

मेरी : मुझे धक्का देने लगा। एक दीवाल से धक्का लग गया और मैं गिर गई।

अध्यापक : कहाँ चोट लगी?

मेरी : सिर और मुँह में चोट लगी, फिर ठीक हो जाऊँगी।

अध्यापक : थोड़ा गरम पानी दो–गरम पानी।

[तुर्की नौकर बाहर निकलता है।] दोनों जर्मन को मिलाने

के मौके पर उत्सव चल रहे हैं। क्या उत्सव है! सुकून कहाँ है? ये कौन हैं? क्या चाहते हैं?

पत्नी : रास्ते में हमेशा अशांति और राजनीतिक झमेला चल रहा है। तुम्हारा भाई ग्रीन कहाँ गया है।

मेरी : मुझे ख़राब लग रहा है। मैं बर्लिन से आई हूँ इसलिए उन लोगों ने मेरा अपमान किया है। मैंने कोई अपराध नहीं किया है।

[तुर्की नौकर पानी लाता है।]

अध्यापक : तुम भूल जाओ। छोटी-मोटी बातों को भूल जाओ। तुम्हारे सामने कई कार्य हैं। कल मेरे साथ विश्वविद्यालय चलना। हम सभी नाश्ता करके चलेंगे।

मेरी : क्या विश्वविद्यालय में पढ़ूँगी? डर लगता है।

अध्यापक : हाँ, पढ़ पाओगी। मैं सब कुछ समझा दूँगा। किसका डर?

मेरी : ग्रीन कहाँ गया है?

अध्यापक : सुना नहीं। निकल पड़ा है।

पत्नी : खाकर जाओ।

मेरी : मुझे इंतज़ार करना है।

अध्यापक : तुम्हारा बेटा आएगा?

पत्नी : वह तो तुम्हारा भी बेटा है।

अध्यापक : मैं अस्वीकार नहीं करता हूँ।

[मेरी दोनों की ओर देखकर विस्मित है।]

पत्नी : तुम लोग बठो। मैं भी बैठती हूँ।

मेरी : नहीं...नहीं। हम एक साथ खाएँगे। थोड़ा इंतज़ार करते हैं।

पत्नी : नहीं, तुम हमारी अतिथि हो—तुम्हें कष्ट नहीं दूँगी। बैठो।

मेरी : ग्रीन आएगा।

अध्यापक : ज़िंदगी भर इंतज़ार करोगी, तब भी तुम्हारा भाई नहीं आएगा और अपने भाई के साथ बैठकर खाओगी भी नहीं।

मेरी : क्यों?

अध्यापक : क्यों? इस प्रश्न का सही उत्तर नहीं जानता हूँ। इस दुनिया में कई सवालों के जवाब नहीं हैं।

[अध्यापक ने मेरी के मुँह को गरम पानी से धो दिया तथा फर्स्ट एड बॉक्स से मलहम निकालकर लगा दिया।]

तीसरा दृश्य

[नागरिक परिषद की सभा। मेयर, सदस्य, पुलिस। प्रेस गैलरी में पत्रकार हैं।]

सदस्य 1 : हमें अपनी नीतियों को स्पष्ट करना होगा। भ्रांति फैल रही है। लगता है, जैसे कि कोई कुछ जानता नहीं है। कोई कुछ कर नहीं सकता है।

सदस्य 2 : हर दिन घटनाएँ घट रही हैं। ख़ून पर ख़ून हो रहा है। और हम चुपचाप हैं। हम जैसे जगकर भी सोए हुए हैं।

मेयर : आप लोग बेवजह उत्तेजित हो रहे हैं। इस शहर में कुछ भी नहीं हो रहा है। परिस्थितियों पर नियंत्रण है।

सदस्य 2 : आपके आत्मसंतोष का कोई कारण नहीं दिखता है। आप बोल रहे हैं–सब ठीक है।

मेयर : आप सोचकर देखें। देश भर में उत्सव चल रहा है। यह एक ऐतिहासिक घड़ी है। युवा समाज के आवेग को नियंत्रित नहीं किया जा सकता है। इसको लेकर इतना सोचना नहीं चाहिए।

सदस्य 1 : आवेग का नतीज़ा है–ख़ून। नए नात्सी की हुमकी स्वाभाविक घटना है।

मेयर : चांसलर ने इस घटना की निंदा की है।

सदस्य 1 : घटना घटने के बाद पुलिस आती है। एक घर में कुछ वियतनामी थे। ख़ून हो जाने के बाद भी पुलिस ने कुछ भी नहीं किया। दूसरे दिन पूरे घर में आग लगा दी गई।

मेयर : हाँ, इस घटना के संबंध में थोड़ी और तत्परता की ज़रूरत थी।

पुलिस : मैं जानता था कि आप पुलिस की निंदा करेंगे। हमारे कार्यों की भी तो एक सीमा है। हमें शरणार्थियों को देखना पड़ता है। आतंकवादियों पर नज़र रखनी होती है। वामपंथियों के गुप्त संगठनों की ख़बर रखनी होती है। कई कार्यों के बीच समस्याएँ होंगी।

सदस्य 1 : आप सब कुछ करते हैं। सिर्फ़ नए नात्सियों के समक्ष कमज़ोर दिखते हैं।

पुलिस : अपनी ज़िम्मेवारियों की अवहेलना करना अन्याय है। आप कुछ कहें।

मेयर : नए नात्सियों की समस्याएँ राजनीतिक हैं। चांसलरों ने बैठक की है। उन्होंने फ़ैसला लिया है—नए नात्सियों से अनुरोध किया जाएगा। उन्हें समझाया जाएगा—यदि उनका अधिक प्रचार हुआ तो कम्युनिस्टों को लाभ पहुँचेगा।

सदस्य 3 : सभी पत्र-पत्रिकाओं में रोज़ एक ही घटना छप रही है। यूरोप भर के लोगों में भ्रांति फैल रही है।

मेयर : यह आप लोगों की अतिरिक्त आशंका है। जर्मनी अभी यूरोप का आशावादी केंद्र बन गया है। इंग्लैंड, फ्रांस हमारी ओर देख रहे हैं। हम यूरोप का नेतृत्व करेंगे। जर्मनी मज़बूत होगा। उठ खड़ा होगा।

सदस्य 2 : अराजकता फैलने से यूरोप हताश होगा।

मेयर : हमें सतर्क रहना होगा। कम्युनिस्ट हमारे ऊपर हमले कर सकते हैं। पूर्व जर्मनी में नई संभावनाएँ हैं, लेकिन आर्थिक समस्याएँ बढ़ी हैं। राजनीतिक समस्याएँ धीरे-धीरे बढ़ रही हैं। इन तमाम समस्याओं का समाधान करना होगा।

सदस्य 2 : कम्युनिस्टों के लिए यदि नए नात्सियों का समर्थन किया जाए, तो क्या नतीजा होगा?

मेयर : कम्युनिस्टों से समझौता करना मुश्किल है।

सदस्य 2 : नात्सी के साथ किया जा सकता है।

मेयर : यह तो राजनीतिक स्तरों पर बातचीत हो गई।

सदस्य 1 : होनकर की राय ज़रूरी थी?

मेयर : वह एक प्रतीक था।

सदस्य 1 : जिसे हिटलर के ज़माने में जेल जाना पड़ा, उसे फिर जनतांत्रिक जर्मनी में जेल भेजना, इतिहास के प्रतीक का मज़ाक है।

मेयर : यह हमारा विषय नहीं है। यह उन लोगों का विषय है। और यह हमारे एजेंडे से बाहर है।

शरणार्थियों की भीड़ : बेरोज़गारी की समस्याएँ। गैर-कानूनी प्रवेश। हमें एक साथ खड़ा होना पड़ेगा। यही हैं हमारी समस्याएँ।

सदस्य 1 : लेकिन नए नात्सियों को सबक सिखाना भी हमारा कार्य है। आप इस विषय को छोड़कर आगे बढ़ रहे हैं।

मेयर : आप इस विषय को बार-बार क्यों उठा रहे हैं।

सदस्य 1 : क्योंकि अतीत ही इतिहास है। हमने अतीत में भयंकर ग़लती की है। हमने उन लोगों के प्रति उदारनीति अपनाई है। नए नात्सियों के प्रति हमें समझौतापरस्त नीति नहीं अपनानी चाहिए।

मेयर : हम नए नात्सियों के समर्थक नहीं हैं।

सदस्य 2 : हाँ, यदि इतिहास से शिक्षा ले पाए।

जर्मनी वकील : युद्ध हमारे ऊपर थोप दिया गया। जर्मनी को न्यायसंगत पुनर्गठन करने के उद्देश्य से ऐसा किया गया।

मित्रपक्ष का वकील : लेकिन घटनाक्रम ठीक इसका उल्टा है। जर्मनी के आम लोग युद्ध पसंद नहीं करते हैं। कई षड्यंत्रकारी नात्सी नेताओं को युद्ध करने की इच्छा थी। आप लोगों ने सुनिश्चित योजनाओं के तहत युद्ध शुरू किया था। आप दुनिया में जर्मनी साम्राज्य स्थापित करना चाहते थे। अंतर्राष्ट्रीय नियम-कानून को ताक पर रखते हुए आपने पूरी दुनिया को ही तोड़ने की कोशिश की थी।

जर्मनी वकील : क्योंकि जर्मनी अंतर्राष्ट्रीय षड्यंत्र के तहत समाप्त करने की घोषणा की गई थी। हम उसकी यह अवहेलना नहीं बर्दाश्त कर सकते थे।

मित्रपक्ष का वकील : युद्ध के अलावा और कोई रास्ता नहीं था। आप लोगों ने ही युद्ध शुरू किया था। राईनलैंड को पुनः दख़ल करना, फिर आस्ट्रिया, सुदेतानलैंड, चेकोस्लाविया, मिउनिख समझौता भी युद्ध को रोक नहीं पाया। पोलैंड का दानजिग बन्दरगाह, आप लोगों के ख़ूनी चेहरों ने दुनिया को स्तंभित कर दिया। फ्रांस, सोवियत संघ के बाद तो पूरी दुनिया में युद्ध शुरू हो गया। आपके धक्के के सामने कोई नहीं रुक पाया। 'ऑपरेशन बारतोजोस' ने गतिरोध पैदा किया। स्टालिनग्राद के युद्ध के वक़्त जनरल वन पलाग के आत्मसमर्पण ने कमाल दिखा दिया।

जर्मनी वकील : युद्ध में हार-जीत होती रहती है। हमने अपनी हार को स्वीकार कर लिया।

मित्रपक्ष का वकील : लेकिन युद्ध के लिए कौन अपराधी है। आप ही इसके लिए दोषी हैं। कारागृह में आपने 1 करोड़ लोगों को समाप्त कर दिया था। जिसमें 60 लाख लोग यहूदी थे। सोवियत संघ के 2 करोड़ लोग आपकी बर्बरता के शिकार हो गए।

जर्मनी वकील : जर्मनी लोग भी आहत हुए थे।

मित्रपक्ष का वकील : हाँ, इसके लिए कौन दोषी है? आप सभी नात्सी युद्ध प्रेमी हैं। कारागृह में जन-हत्या आप लोगों का प्रमुख कार्यक्रम था। युद्ध के बंदियों के साथ पशु की तरह सुलूक किया गया। गैस चैम्बर में आपने कई लाख लोगों को मारा था। आई जी कार्बन इंडस्ट्री ने भयंकर गैस चेम्बर का आविष्कार किया है। लोगों के चमड़े से जूते, बैग बनवाए हैं। चमड़े की प्रदर्शनी की है। यह एक बर्बरता का अध्याय है। एक अमानविक हिंसा है।

जर्मनी वकील : इसके लिए यहूदी भी दोषी हैं। उन्होंने विश्वासघात किया था, जर्मनी के साथ।

मित्रपक्ष का वकील : आपने बर्बरता फैलाई। आपने यहूदियों, कम्युनिस्टों के प्रति घृणा फैलाई। अंततः आपने नात्सियों का विरोध किया। सबका विरोध किया। आप लोगों ने फ्रांस, सोवियत, बेलजियम, हॉलैंड देशों की संपत्तियों को लूटा। खनिज संपदा कोयला, तेल इस्पात, खाद्य पदार्थ, मांस, चारुकला–सब कुछ उठा लाए। और जो नहीं ला पाए, उसे ध्वस्त कर दिया। जैसे टॉल्सटॉय के जन्मस्थान पर जो म्युज़ियम था।

जर्मनी वकील : हमारे भी बहुत लोग मरे। हमारी अपार क्षति हुई है। हमारे सैनिकों, आम लोगों की हत्याएँ हुईं।

मित्रपक्ष का वकील : यह तो युद्ध शुरू होने के पहले समझना चाहिए था। आपने सोचा भी नहीं था कि आप युद्ध हार जाएँगे। राष्ट्रीय अहंकार, सेना के अहंकार के चलते आपने पूरी दुनिया को जीतना चाहा। और इसके लिए आपने लोगों के खिलाफ़ भयानक बर्बरता शुरू कर दी। आपने यहाँ तक भी नहीं

सोचा कि आपके अपराध की जाँच की जाएगी। आपको दंड भोगना पड़ेगा। इतिहास अपराधियों को क्षमा नहीं करता है। आप लोगों के कारण ही साढ़े पाँच करोड़ लोगों ने प्राण दिये हैं—2 करोड़ 70 लाख सेना और 2 करोड़ 20 लाख आम लोग। रशिया में 2 करोड़ लोग मारे गए हैं, जर्मनी में 80 लाख, इटली में 6 लाख 70 हज़ार, ब्रिटेन में 6 लाख 65 हज़ार, फ्रांस में 6 लाख 20 हज़ार, जापान में 12 लाख 70 हज़ार और अमेरिका में 3 लाख 67 हज़ार।

[पर्दा गिरता है।]

[अध्यापक किताब पढ़ रहे हैं। मेरी का प्रवेश]

अध्यापक : आओ...आओ, तुम जाग रही थीं? अभी से ही पढ़ना शुरू कर दिया है।

मेरी : आप भी तो पढ़ रहे हैं?

अध्यापक : यह मेरा अभ्यास है। उम्र बढ़ रही है, नींद जा रही है। लेकिन तुम्हारा जागना ठीक नहीं है।

मेरी : मुझे भी रात में पढ़ना अच्छा लगता है।

अध्यापक : पढ़ो। लेकिन जितना सोना है, उतना ज़रूर सोओ। बैठो—यहीं बैठो। *(अध्यापक पान का पात्र लाते हैं।)* कभी-कभी सोचता हूँ—लोग जीवन भर में कितना सोते हैं। यदि लोग सोते नहीं तो बहुत काम होता। जीवन कितना धोखा है।

अध्यापक : तुम लोगी?

मेरी : नहीं, मैं पान नहीं खाती हूँ।

अध्यापक : खाओ, खाने से तुम्हें भी नींद आती है। मुझे खाने से नींद आती है और नहीं खाने से भी नींद नहीं आती है। *(पान खाते हुए)* तुम अभी ख़ुश तो हो।

मेरी : यदि आप नहीं होते, तो विश्वविद्यालय नहीं जा पाती।

अध्यापक : नहीं-नहीं, तुम्हें अपनी प्रतिभा से ही जगह मिल जाती। यह सच है कि तुम्हारी प्रशंसा करते हुए उन लोगों को एक पत्र भी लिखा था।

मेरी : सभी ने मुझे पसंद किया। खासकर डायरेक्टर ने।

अध्यापक : हाँ, वह बड़ा अच्छा अध्यापक है। बहुत अच्छा काम कर रहा है।

मेरी : वह आपकी प्रशंसा करते हैं।

अध्यापक : अच्छा! वह मेरा छात्र है।

मेरी : हॉस्टल में सीट मिलने में थोड़ा समय लगेगा। वह अभी नहीं मिल पा रहा है।

अध्यापक : तुम हॉस्टल जाने के लिए इतना उत्सुक क्यों हो? यहाँ क्या असुविधा है?

मेरी : नहीं।

अध्यापक : तुम यहाँ घुल-मिल नहीं पा रही हो। असल में तुम भतीजी हो। तुम्हें पहली बार देखा है।

मेरी : मैं अपने पिता से आपके बारे में सुनती थी। पिताजी प्रायः आपके बारे में कहते रहते थे।

अध्यापक : उसके बाद देश का विभाजन हो गया। तुम अलग हो गए–हम अलग हो गए। तुम्हारी माँ की मृत्यु की ख़बर भी मिली। जर्मनी का एकीकरण हुआ, तभी जाकर तुमसे मुलाकात हुई।

मेरी : मुझे भी यहाँ अच्छा लगता है।

अध्यापक : जितने दिनों तक यहाँ रहने की इच्छा होगी, उतने दिनों तक यहाँ रहोगी–यह आदेश है, तुम्हारे काके का। *(दोनों हँसते हैं।)*

अध्यापक : और तुम्हारा कोई अध्यापक है?

मेरी : नहीं।

अध्यापक : सही बोलो। *(हँसता है।)*

मेरी : *(चुप रहती है। थोड़ा दुःख महसूस करती है।)* कहाँ है, नहीं जानती हूँ। काफ़ी दिनों से चिट्ठी नहीं मिली है।

अध्यापक : कहाँ काम करते हैं?

मेरी : रशियन आर्मी में? आर्मी का इंजीनियर है।

अध्यापक : वो, रशिया में? क्या नाम है?

मेरी : हाँ, पोरिस पैलव। बर्लिन में उससे मुलाकात हुई थी। हम दोनों एक साथ अंग्रेज़ी सीखते थे।

अध्यापक : कहाँ है, मालूम क्यों नहीं है?

मेरी : प्राग से चिट्ठी आई थी। बर्लिन से प्राग गया था। उसके

बाद झमेला शुरू हो गया था। ग्रामीण इलाके में भी कुछ दिनों तक कैम्प था। वहीं से अंतिम चिट्ठी आई थी—उसके पास कुछ खाने को भी नहीं—गरम कपड़े भी नहीं हैं। *(विह्वल हो उठती है।)*

अध्यापक : सब कुछ ठीक हो जाएगा। तुम चिंता नहीं करो।

मेरी : रशियन आर्मी से सभी घृणा करते हैं? लेकिन उसकी क्या ग़लती है? सभी उसे भिखारी समझते हैं—यही सब लिखा था और अब तो चिट्ठी भी नहीं आती है।

अध्यापक : तुमने यहाँ का पता लिख दिया है।

मेरी : नहीं? बर्लिन से प्रयास किया था। अब क्या करूँ, समझ में नहीं आता है। *(आँखों में आँसू आ जाते हैं।)*

अध्यापक : कोशिश करनी होगी। अपने पिताजी को भी बता दो।

मेरी : वहाँ बता दिया है। यदि वहाँ चिट्ठी आती है, तो पिताजी यहाँ भेज देंगे। *(चश्मा पोंछती है।)*

अध्यापक : रशियन आर्मी ने यूरोप को हिटलर के हाथ से बचाया था। अभी उनकी क्या स्थिति है। रशियन अपनी ग़लतियों की भरपाई चुका रहे हैं। उसने दुनिया की वास्तविकता को नहीं समझा। उसने वैज्ञानिकों, टैक्नोलॉजिस्टों, शोधकर्त्ताओं की उपेक्षा की। प्रतिद्वंद्विता करने में पीछे रह गया। एक शक्तिशाली देश—जिसने चाँद पर पहले-पहले राकेट भेजा, भयंकर परिणति।

मेरी : वे भी हमारी तरह हैं। बर्लिन की तरह। हमने भी नहीं सोचा था हम कहाँ जा रहे हैं। विश्वविद्यालय में बहस करते थे कि हम पीछे होते जा रहे हैं। कोई विश्वास करता था, कोई विश्वास नहीं करता था। तर्क भी होता। हम समझे—हमारी क्या ग़लती है।

अध्यापक : युद्ध के बाद हम आगे बढ़े। बर्लिन भी आगे बढ़ा। हमें अधिक मदद मिली। अमेरिका ने भी हमें मदद की। हम जानते हैं कि अमेरिका का राजनीतिक उद्देश्य है। उस पर निर्भर रहना विपत्तिजनक है।

मेरी : मैं भी सुनती थी। लेकिन समझ नहीं पाती थी।

अध्यापक : अमेरिका दुनिया पर प्रभुत्व स्थापित करना चाहता है। हिरोशिमा से शुरू करना चाहा। क्या जापान आत्मसमर्पण करता! लेकिन जापान को क्यों एटॉमिक बल का दंड दिया गया। अमानविक है।

मेरी : अमेरिका ने हिरोशिमा पर भयंकर अपराध किया था।

अध्यापक : दुनिया में अपनी कीर्ति स्थापित करने और यूरोप के हाथ से नेतृत्व लेने के लिए, हिटलर ने ऐसा किया था। आज भी अमेरिका यही कह रहा है। पहले कहता था कि रशिया दख़ल करने के लिए आ रहा है। अभी तो ऐसी बात नहीं है। चित्र बदल चुके हैं। अमेरिका अभी भी युद्ध की तैयारी कर रहा है। सारी दुनिया में उसके परमाणविक हथियार हैं।

मेरी : सेना पर इतना ख़र्चा नहीं करके वैज्ञानिक अनुसंधान पर ख़र्च किया जाता तो क्या अच्छा नहीं होता? आप क्या सोच रहे हैं?

अध्यापक : सिर्फ़ विज्ञान ही आगे नहीं बढ़ता। दुनिया की असली समस्याओं का भी समाधान हो जाता। अफ्रीका की ओर देखो। अकाल, मृत्यु! विज्ञान वहाँ पहुँच नहीं पाता है। उस देश में शिक्षा-स्वास्थ्य, खाद्य नहीं है, उसकी कौन ज़िम्मेदारी लेगा?

मेरी : तीसरी दुनिया के देशों को काफ़ी कष्ट हो रहा है। लोगों को खाना नहीं मिलता है, रहने के लिए जगह नहीं है—मर रहे हैं। अच्छा नहीं लगता है—ग़रीब लोगों के पास कोई जाता भी नहीं है।

अध्यापक : विज्ञान ने लोगों को जो दिया है, उसे हमने अपने स्वार्थ की पूर्ति के लिए लगाया है। दुनिया के सभी लोगों के लिए हमने नहीं सोचा। यदि वैज्ञानिक के तौर पर सोचें तो लोगों का भवितव्य एक है। फिर भी हमने अपने स्वार्थों के लिए दुनिया को विभाजित कर दिया है। यूरोप, अमेरिका को जो मिलता है—अफ्रीका, एशिया और दक्षिण अमेरिका को वह नहीं मिलता है। हम इन नीतियों के जरिये इस

दुनिया की रक्षा नहीं कर सकते हैं। कोई खाते-खाते मरता है, किसी को खाना नहीं मिलता है। यही नीति बन गई है। पृथ्वी का संतुलन नष्ट हो चुका है।

मेरी : वोरिस मुझे यह सब बतलाता था। वह अफ्रीका गया था। वह रशियन कम्युनिस्ट पार्टी का सदस्य था।

अध्यापक : क्या तुम सदस्य थीं?

मेरी : नहीं। तब मैं सब कुछ समझती भी नहीं थी। मुझे पढ़ने में अच्छा लगता था।

अध्यापक : हमने कभी राजनीति नहीं की है। पढ़े हैं और पढ़ाए हैं। लेकिन अब महसूस होता है कि मानवता के लिए एक संस्था बनाना ज़रूरी है। यह बहुत ज़रूरी है। वैज्ञानिक रहस्यों को उजागर कर रहे हैं और उधर लोगों के दुःख-दर्द बढ़ते जा रहे हैं। एक बीमार सभ्यता में हम जी रहे हैं। ध्वंस हो रहा है। ड्रग, एड्स, इलेक्ट्रॉनिक मीडिया हमें मनुष्य की श्रेणी से नीचे उतार रही है। हम इसका समाधान नहीं कर पा रहे हैं। दरिद्रता को हम फैला रहे हैं।

मेरी : जब हम यह सब सोचते हैं, तो काफ़ी चिंता होती है। व्याख्या भी नहीं कर पाती हूँ। विज्ञान मुझे अपनी ओर खींचता है। हमें इसी पर निर्भर करना चाहिए। लेकिन जब मैं मनुष्य के लिए सोचती हूँ, तो कोई रास्ता नहीं मिलता है।

अध्यापक : रास्ते बड़े कठिन हैं युद्ध के समय हमें नात्सियों की बात सुनने के लिए बाध्य होना पड़ा। हम समझते थे कि दुनिया में सबसे बड़ा 'मैं' हूँ। हमें जीत मिलती है। लेकिन हम अच्छी तरह जानते हैं कि हमने कितना बड़ा अपराध किया है। न्याय-अन्याय बड़ा कठिन काम है। नए सिरे से सोचना अच्छा नहीं लग रहा है। 21वीं सदी में लोग सोचेंगे।

[बाहर न्यू-नात्सियों के जुलूस की आवाज़]

मेरी : वे कौन हैं?

अध्यापक : लोगों का झुंड है।

मेरी : इस गंभीर रात में क्या कर रहा है?

अध्यापक : 'उनकी बात बता रहा हूँ।'—तुम डर रही हो?

मेरी : नहीं।

अध्यापक : तुम थक गई हो। नींद आ रही है। जाकर सो जाओ। डरो मत। कल विश्वविद्यालय कब जाओगी?

मेरी : सुबह 10 बजे। *(घंटी की आवाज़)*

अध्यापक : कौन है इतनी रात में?

मेरी : मैं देख रही हूँ।

अध्यापक : नहीं। तुम नहीं मैं देख रहा हूँ। *(दरवाज़ा खोल रहा है, तीन व्यक्तियों का प्रवेश)*

अध्यापक : आप कौन हैं? क्या चाहते हैं?

पहला आदमी : पुलिस विभाग से आया हूँ। इतनी रात में कष्ट देने के लिए दुखी हूँ।

अध्यापक : क्यों आए हैं? क्या काम है?

पहला आदमी : *(मेरी की ओर इशारा करते हुए)* उनसे कुछ काम है।

अध्यापक : उससे क्या काम है?

पहला आदमी : उन्हें हमारे साथ चलना होगा। हमारे दफ़्तर। *(तुर्की नौकर का प्रवेश)*

अध्यापक : क्यों? उसने क्या किया है?

पहला आदमी : हम उनसे कुछ पूछना चाहते हैं।

अध्यापक : क्या चाहते हैं? यहीं पूछें।

पहला आदमी : मैं दफ़्तर में बात करूँगा। यही आदेश मिला है।

अध्यापक : मैं भी चलूँगा साथ में।

पहला आदमी : आपकी ज़रूरत नहीं है। उनको ही चलने को कह रहा हूँ।

अध्यापक : *(पत्नी का प्रवेश)* मैं जाऊँगा।

पहला आदमी : प्रोफेसर हमारे काम में बाधा मत दो।

अध्यापक : आप ऐसा क्यों कर रहे हैं? मैं जानना चाहता हूँ। यह अन्याय है। उसने कुछ भी नहीं किया है। वह राजनीति नहीं करती है।

पहला आदमी : आप चलें। *(मेरी काका की ओर बढ़ती है।)* चलें।

[तीनों व्यक्ति मेरी को लेकर चले जाते हैं। प्रोफेसर कुर्सी पर बैठकर हाथ से मुँह ढँक लेता है। बाहर जुलूस की आवाज़।]

[पर्दा गिरता है।]

राजधर्म

पात्र

ब्राह्मण, पंडित, अक्षय, फ़कीर, संन्यासी,
सुरक्षा बल के दो अधिकारी, सिविल अधिकारी, ग्रामीण,
अंग्रेज़ सैनिक, देशीय पाईक, कई छात्र

पहला दृश्य

[सूर्य निकल रहा है। नदी में स्नान कर ब्राह्मण पीछे से मंच पर आ रहा है।]

ब्राह्मण : जवा कुसुम शंकरम्...(इत्यादि)।

[ग़रीब पंक्तिबद्ध होकर जा रहे हैं। सबसे आगे फ़क़ीर है।]

ब्राह्मण : क्या हुआ? गाँव छोड़कर सब कहाँ जा रहे हो?

ग्रामीण : इस गाँव को छोड़कर किसी दूसरे गाँव जा रहे हैं।

ब्राह्मण : क्या मतलब है?

ग्रामीण : इस गाँव में कैसे जीवित रहेंगे। क्या जीवित रहने का कोई रास्ता है?

ब्राह्मण : जहाँ जा रहे हो, क्या वहाँ बच पाओगे? कौन बुद्धि दे रहा है? अपनी ज़मीन छोड़कर जा रहे हो, मरोगे...मरोगे।

ग्रामीण : अभी भी तो मरे हुए हैं। खेती नहीं है, ताँत, हल-बैल कुछ भी नहीं है। किसी के घर में खाने के लिए अनाज नहीं है। अभी भी तो मरे ही हुए हैं। किसी के घर में चावल तक नहीं है।

फ़क़ीर : इसलिए सबको लेकर जा रहे हैं। गाँव में नहीं जंगल में जाकर रहेंगे।

ब्राह्मण : इस तरह लोगों में असंतोष फैला रहे हो। सर्वनाश होगा, सभी मरोगे। अपनी धरती मत छोड़ो, अधर्म मत करो।

फ़क़ीर : तुम्हारा धर्म तुम्हारे पास रहे। स्नान-तर्पण-दक्षिणा तुम्हारा धर्म है, तुम इसी में मस्त हो। इन लोगों का धर्म तुम क्या समझोगे।

ब्राह्मण : मैं समझूँगा कि तुम समझोगे?

फ़क़ीर : ठाकुर और ज़मींदार गाँव में रहेंगे, यदि नहीं रहेंगे, तो ज़मींदार

का मंदिर खुला हुआ रहेगा। तुम्हें खाना मिलेगा, प्रसाद तुम्हारे पास पहुँचा दिया जाएगा। तुम्हारा धर्म ठीक रहेगा। तुम इन लोगों को छोड़ दो।

ब्राह्मण : तुम क्या कहना चाहते हो?

फ़कीर : सब कुछ नहीं जानते है। लोग अंतिम फ़ैसला करेंगे। जो मर रहे हैं, वे एकजुट होकर बचने की कोशिश करेंगे।

ब्राह्मण : तुम कौन हो? जिसने जीभ दी है, वही आहार देंगे। अधर्म मत करो।

फ़कीर : ठाकुर, यह कौन से धर्म की बात हो रही है, लोगों का मरना क्या राजधर्म है? लोग क्यों मर रहे हैं?

ब्राह्मण : तुम क्या समझोगे धर्म? तुम विधर्मी हो।

फ़कीर : भूख का कोई धर्म नहीं है ठाकुर। सोना जैसा देश जब श्मशान बन गया, जब लोग मर रहे हैं, तब आप किस धर्म की बात कर रहे हैं। कहाँ जाकर बचेंगे? आप मुझे धर्म की राह दिखा दें।

ब्राह्मण : तुम्हें धर्म का ज्ञान ही नहीं है। तुम्हारी बात नहीं सुनूँगा।

फ़कीर : चलो। वक़्त गुज़र रहा है। ठाकुर कह रहा हूँ—लोगों के बीच विभेद मत बढ़ाओ। अत्याचार और अकाल से देश त्राहि-त्राहि कर रहा है। इस गाँव के हिंदू-मुसलमान एक साथ गाँव छोड़कर जा रहे हैं। गाँव-गाँव में प्रचार किया जा रहा है—भगवान् और अल्लाह ने लोगों को एक बनाया है। भूख के कारण ही सभी लोग एक हैं। गोरे चमड़े वाले अंग्रेज़ों को भी एक बनाया है। *(दिखाते हुए)* यह नंद है, यह परान है, रहीम, शाहेदुल्ला सब एक हैं। हिंदू-मुसलमान सब एकजुट होकर खड़े हुए हैं। फ़कीर-संन्यासी एकजुट होकर खड़े हुए हैं। सभी चलो अपना समय नष्ट नहीं करो।

[ग्रामीणों में एक बीमार पड़ जाता है। वह सो जाता है। चल नहीं पाता है। सभी उसे घेरकर खड़े हो जाते हैं। पंडित जी दूसरी ओर से आकर उसे टोकते हैं।]

बीमार ग्रामीण : तुम लोग जाओ। मुझसे चला नहीं जाता है। मैं अब नहीं बच सकता।

पंडित : भाग कर कहाँ जाओगे? सब मिलकर बचने की कोशिश करो इसी गाँव में हमें रहना है। मत जाओ, मना कर रहा हूँ।

फ़कीर : पंडित जी, आप पढ़े-लिखे लोग हैं, आप मेरे जैसे मूर्ख नहीं हैं। मत रोकिए।

पंडित : सुनो। मैं तुम लोगों को ज़मींदार की कचहरी पर ले जाऊँगा। किसानों को भी ले जाऊँगा, और बुनकरों को भी। मैं उनसे तुम लोगों का लगान नहीं लेने के लिए कहूँगा। मैं वादा कर रहा हूँ।

ब्राह्मण : इस वर्ष का लगान अगले वर्ष देना। अपनी मिट्टी पलीद मत करो।

फ़कीर : ज़मींदार बाबू कहाँ हैं? वीर पुरुष तो भाग खड़े हुए हैं। मालगुज़ारी बढ़ा दिया है, ढाका चला गया है। मालगुज़ारी देने का कोई अंत नहीं है। ज़मींदारों के लठैत लूट मचाये हुए हैं। कंपनियों को रुपया चाहिए—सिर्फ़ रुपया। कंपनियों का ख़ज़ाना भरने के लिए ज़मींदार लोगों का ख़ून चूस रहा है। ज़मींदार देशद्रोही हैं। मुझसे भी मालगुज़ारी माँग रहा है। मेरे बाप-दादा ने कभी भी नहीं दिए थे। और मैं कंपनी के ज़माने में टैक्स दूँगा।

पंडित : ज़मींदार तुम्हारे डर से भाग गए हैं।

फ़कीर : इससे हमारा साहस बढ़ा है। इसलिए आगे बढ़ रहे हैं। उस ज़मींदार को कभी भी वापस नहीं आने देंगे।

पंडित : दो-तीन महीने बीतने के बाद हम फिर से खेती करते, लोग इतनी जल्दी नहीं मरते हैं।

फ़कीर : *(गुस्साते हुए)* मनुष्य क्या मिट्टी खाकर जिंदा रहेंगे? हम घुट-घुटकर मर रहे हैं। किसका इंतज़ार करूँगा? या तो वे ज़िंदा रहेंगे या हम।

पंडित : संभव है? इतना सहज है। मैं इस अत्याचार के विरुद्ध हूँ। कैसे ज़िंदा रहूँगा—गाँव छोड़कर जंगल में?

फ़कीर : जानवर, घर-द्वार, जगह-ज़मीन दख़ल कर रहा है। इसलिए मनुष्य आज जंगल जा रहे हैं।

पंडित : सात पुरखों की ज़मीन छोड़कर चले जाओगे नंद? थोड़ा

सोचकर देखो।

नंद : मेरा घर सूना हो गया है। सभी चले गए हैं। *(रोते-रोते)*

फ़कीर : आँसू सूख चुके हैं। सभी चलो। पंडित जी आशीर्वाद दीजिए।

एक ग्रामीण : पंडित जी बचाइए। बाप-दादा की जगह छोड़कर नहीं जाऊँगा।

फ़कीर : रहो। तुम यहीं रहो।

[बीमार ग्रामीण मिट्टी पर लोटता रहता है।]

एक ग्रामीण : इसको कौन देखेगा?

फ़कीर : पंडित जी इसको देखेंगे।

ब्राह्मण : *(पंडित से)* तुमने अच्छा नहीं किया।

फ़कीर : जो मर्द हैं, चलो और जो मरना चाहते हो मरो। जो लड़ना चाहते हो, मेरे साथ चलो लड़ाई में। सुबह से पहले बैकुंठपुर पहुँचना है।

[फ़कीर सबको लेकर निकल पड़ता है। बीमार ग्रामीण को पंडित जी लेकर निकलते हैं और जो ग्रामीण नहीं जाना चाहते हैं, वे दूसरी ओर से निकलते हैं।]

[सत्यवती नदी से पानी भरकर आती है। अक्षय खड़ा है। धोती-शर्ट-जूता पहने हुए है। ब्राह्मण उन्हें देखकर रास्ता काटकर आगे बढ़ता है।]

अक्षय : कैसी हो? *(सत्यवती उत्तर नहीं देती है।)* पंडित जी कैसे हैं?

सत्यवती : तुम हाट-बाज़ार में टोका मत करो।

अक्षय : क्यों?

सत्यवती : जानते नहीं हो, लोकनिंदा होगी।

अक्षय : क्यों?

सत्यवती : समाज के नियम हैं। नदी के किनारे बातचीत करने से तुम्हें कुछ नहीं होगा, मेरी बदनामी होगी।

[छोटे-छोटे दो बच्चों का प्रवेश। भीख माँगते हैं। सत्यवती उन्हें भीख देती है।]

अक्षय : एक बात पूछता हूँ—तुम्हारे यहाँ फ़कीर गीत गाते हैं।

सत्यवती : हाँ। पिताजी उन्हें बुलाते हैं। लड़कों की पढ़ाई समाप्त होने पर फ़कीरों के गीत होते हैं।

अक्षय : क्या तुम गीत सुनती हो?

सत्यवती : हाँ, वे कंपनियों के खिलाफ़ गीत गाते हैं। साहेब के खिलाफ़।

अक्षय : लेकिन कंपनी देश चला रही है। वह देश की कर्त्ता है।

सत्यवती : लगता है कि अब तुम इस गाँव का नहीं रहे। अंग्रेज़ों की भक्ति कर रहे हो।

अक्षय : वे अच्छे कार्य भी करते हैं। मैं भी तुम्हारे पिताजी का छात्र हूँ। उनसे हमने अच्छे-बुरे का विचार करना सीखा है।

सत्यवती : पिताजी ने तुम्हें स्कूल में जो सिखाया था, वह तुमने नहीं सीखा।

अक्षय : क्या?

सत्यवती : गाँव-गाँव में लोग बिना खाए मर गए—यह अच्छा है या ख़राब? कम्पनी की धरती पर लोग मर रहे हैं। उसके लोभ और शासन के चलते लोग मर रहे हैं—

अक्षय : मैं जानता हूँ, वे अन्याय कर रहे हैं।

सत्यवती : तब, तुम उन लोगों की सेवा क्यों कर रहे हो? *(चले जाने की इच्छा है।)*

अक्षय : तुमको एक बात बता रहा हूँ। साहेब से मैं अंग्रेज़ी सीख रहा हूँ। उनसे किताब भी लेता हूँ। वे अपनी कोठी में नौकरी देंगे। अपने गोदाम का मैनेजर बनाएँगे।

सत्यवती : तुम्हारी जो इच्छा हो करो, मेरा सुनकर क्या होगा?

अक्षय : तुम्हें अच्छा नहीं लगता? सभी देशों में अच्छे-बुरे हैं। हमारे देश में कई पंडितों, कई वीरों और कई योद्धाओं ने जन्म लिया है। हमारे देश में छुआछूत, जात-पात सामाजिक नियम हैं। अंग्रेज़ों द्वारा अकाल लाया गया है। इस देश को काफ़ी नुकसान पहुँचा है, संसार का मालिक तो वही है। दुनिया का ज्ञान-भंडार उन्हीं लोगों के पास है। सुना है कि इस देश में रेल लाइन वही ला रहे हैं।

सत्यवती : मैं जा रही हूँ, मुझे देर हो रही है।

अक्षय : कुछ कहो?

सत्यवती : इतनी बात नहीं समझती हूँ।

अक्षय : कुछ अच्छा, कुछ ख़राब कहो न?

सत्यवती : हमारे देश के लोग जो चाहते हैं, वही अच्छा है! हम इसी

देश के रहने वाले हैं। अंग्रेज़ नहीं।

अक्षय : मैं पंडित जी के पास जाऊँगा और अनुमति चाहूँगा।

सत्यवती : किस चीज़ की अनुमति? *(अचंभित)*

अक्षय : अंग्रेज़ों की नौकरी करूँ या नहीं—यही अनुमति!

सत्यवती : जब चाहो, तब जाओ अपने पंडित जी के पास!

[ब्राह्मण का प्रवेश। लड़की चली जाती है। लड़का भी थोड़ा रुक कर चला जाता है। दो सिपाही तीन-चार लोगों को पकड़कर ले जा रहे हैं।]

पहला सिपाही : चलो साला! *(एक आदमी गिर जाता है।)*

ब्राह्मण : बेकार में मुँह क्यों ख़राब कर रहे हो?

सिपाही : चार रात छिप गया था। चार दिन-चार रात घुमाया है। चलो साला!

ब्राह्मण : जाओ-जाओ। ज़मींदार बाबू का पाँव पकड़ना यदि दया आ गई, तो छोड़ देंगे।

दूसरा ग्रामवासी : ठाकुर तुम नहीं जानते हो। ज़मींदार क्या अब वह ज़मींदार रहा। अभी कंपनी ज़मींदारी चला रही है। सब कुछ समाप्त हो गया है।

ब्राह्मण : सब यही समझते हैं कि मालगुज़ारी समाप्त कर देने से ही होगा।

ग्रामवासी : कहाँ से दूँ मालगुज़ारी। पिछले महीने जो कपड़ा बुना था, उसी का पैसा अभी तक नहीं मिला है। घर में कुछ नहीं रहा, देने के लिए कुछ भी नहीं—ब्राह्मण देवता। मालगुज़ारी दुगुना हो गया है।

एक ग्रामीण : *(हँसते हुए)* जान चले जाने पर भी मालगुज़ारी नहीं दूँगा। ख़ून-पसीना एक कर कपड़ा बुना हूँ—सब कुछ दे दिया हूँ—और नहीं दूँगा। बाप-दादा के कहने पर नहीं दूँगा।

पहला सिपाही : साला मारकर समाप्त कर दूँगा। *(मारता है।)*

ब्राह्मण : रुको...रुको। कहाँ ले जा रहे हो—उन लोगों को।

पहला सिपाही : ज़मींदार-कोठी।

ब्राह्मण : ज़मींदार नहीं हैं।

सिपाही : मैं नहीं जानता हूँ। हम हुकुम के गुलाम हैं। पकड़कर लाने

को कहा है—ले जा रहा हूँ। नहीं तो कंपनी की गोरी सेना हमें मारेगी। चलो-चलो। *(फिर मारता है। बंदी विरोध करते हैं।)*

पहला आदमी : छुओगे नहीं। नहीं तो समाप्त कर दूँगा।

[धीरे-धीरे गाँव के लोगों का प्रवेश। हाथ में लाठी और बल्लम। साथ में संन्यासी भी है।]

संन्यासी : रुको। *(सिपाही घूमकर खड़ा होता है और डरता है।)*

ब्राह्मण : भय से भक्ति बढ़ती है। लोगों का डर चला जा रहा है। सर्वनाश। घोर कलियुग है। राजभक्ति विपन्न है।

संन्यासी : उन लोगों को छोड़ दो। *(छोड़ देता है।)*

संन्यासी : कभी भी ऐसा काम नहीं करना। चले जाओ। *(सिपाही चले जाते हैं।)*

संन्यासी : तुम लोग घर जाओ। ठाकुर प्रणामी लेंगे। *(सभी रुक-रुक कर चले जाते हैं।)*

दूसरा दृश्य

[गाँव में मेला और उत्सव का आभास मिलता है। मंच पर एक छोटी भीड़ है। एक कोने में फ़कीर का अखाड़ा।]

पहला ग्रामीण : मेरा पैसा लिया है। दे दो।

दूसरा ग्रामीण : झूठ मत बोलो।

पहला ग्रामीण : वापस करो *(मारने जाता है। संन्यासी आकर रोकता है।)*

संन्यासी : क्या कर रहे हो। मेले के दिन भी चैन नहीं। प्रसाद खाओ। *(प्रसाद देता है और झमेला रोकता है।)*

फ़कीर : देश में अकाल है। मेले में लोग कहाँ हैं? कहाँ से लोग आएँगे। किसी के पास पैसा नहीं है—सभी भिखमँगे हैं। यह क्या मेला

हो रहा है। नाच नहीं, गान नहीं। एक सेर आटा-चावल लाना है।

संन्यासी : एक रुपये पर मारपीट हो गई। ख़ून हो जाता। चावल की दर बता रहे हो। चावल कहाँ है?

[एक फ़कीर मंजू साहा का गीत गा रहा है–मंच के एक कोने में भीड़ जमा हो गई। भीड़ में सत्यवती आकर खड़ी होती है। अक्षय टोकता है, बात करना चाह रहा है, वह भीड़ से निकल जाता है]

पहला ग्रामीण : सुना है कि रंगपुर में कई लोग मरे हैं। गोरी सेना ने बहुत लोगों को मारा है।

दूसरा ग्रामीण : हमारे गाँव में ज़मींदार हैं। अभी भी गाँव नहीं छोड़ा है। गोरी सेना पहरा दे रही है। खेती-बारी नहीं है। किसी के घर मवेशी नहीं है, हल नहीं है। कौन देगा मालगुज़ारी। लोग घास-फूस खा रहे हैं, बेटा-बेटी बेच रहे हैं। ख़रीदार नहीं हैं। *(गीत गा रहा है। मंच के दूसरे कोने पर कुछ दिखाया जा रहा है, वहाँ भी भीड़ है। गीत समाप्त होता है–भीड़ भी छँट जाती है। मंच पर फ़कीर, संन्यासी और पंडित बैठते हैं।)*

पंडित : क्या समाचार है?

फ़कीर : लोगों में एकजुटता बढ़ रही है। गाँव-गाँव में लोग तैयार हो रहे हैं। अब ज़मींदारी नहीं चलेगी। कंपनी का शासन भी नहीं चलेगा। मालगुज़ारी कोई नहीं देगा।

पंडित : लेकिन सुना है कि मालगुज़ारी शुरू हुआ है।

फ़कीर : कितनी गोलियाँ चलेंगी। कितने सैनिक हैं? सभी ज़मींदारों को गाँव छोड़ना पड़ेगा। लोग तैयार हो चुके हैं। लोगों के हाथों में हैं ज़मींदारों की कचहरी। ज़मींदार कंपनियों का ग़ुलाम है। मिगाछी, वामनगोला, शिमुलपुर, देवाहाट कचहरियों में लूट हुई है। ज़मींदार भाग चुके हैं। एक रात के अंदर ये घटनाएँ घटी हैं।

संन्यासी : बरसात में गाँव-गाँव में यातायात रखना कठिन है। सभी गाँवों में भेजना पड़ता है। सभी जगहों की ख़बर रखनी पड़ रही है, हथियार जमा किए गए हैं, ताकि ज़मींदार के गुंडों से मुकाबला किया जा सके। जब लोग एक हो जाएँगे, तो ज़मींदार

की एक भी नहीं चलेगी।

पंडित : लेकिन ज़मींदार भी तो कम नहीं हैं। लोग मरेंगे–

संन्यासी : मल्लिकपुर में ज़ोर-ज़बर्दस्ती वसूली करने के लिए गया था। काछारी बाड़ी का पैसा हमारे हाथ में है। ज़मींदार कंपनी से डरते हैं, इसलिए वह ज़ोर-जुल्म करती है। ज़मींदार को समझा देना है कि अंग्रेज़ों की ग़ुलामी करना बंद कर दे। अकाल में हज़ारों लोग मारे जा रहे हैं, इससे अंग्रेज़ों को क्या हानि होगी? यदि ज़मींदार नहीं समझता है, तो हम उन्हें समझा देंगे। उन पर दबाव डालूँगा।

पंडित : क्या कंपनी हाथ पर हाथ रखकर बैठी रहेगी? क्या वह सेना नहीं उतारेगी।

संन्यासी : हाँ, कंपनी सिपाही भेज रही है, उन सिपाहियों से कुछ भी नहीं होगा। हमारी शक्ति अधिक है।

पंडित : आप क्या करेंगे?

संन्यासी : मालगुज़ारी बंद करना होगा। सभी ज़मींदारों को समझाऊँगा कि मालगुज़ारी बंद कर दें। यदि सुन गए, तो ठीक है नहीं तो दबाव डालूँगा। पाकुर के ज़मींदार बढ़-चढ़ कर बातचीत कर रहे थे। मज़ा चख गए। अब कभी भी गाँव नहीं आएँगे। किसानों ने छोटे ज़मींदार को दो रातों तक पेड़ से बाँधकर रखा था। राजा राजवल्लभ की कचहरी अब हमारे हाथ में है। सभी किसानों की कुल मालगुज़ारी 5 हज़ार रुपये हमारे हाथ में है। दिनाजपुर, रंगपुर, मुर्शिदाबाद पर हमारा कब्ज़ा है।

फ़कीर : मंजु भाई ख़ुद लड़ाई में गए हैं–शीलबाड़ी, बतासी, शिवगंज, करीमपुर और बतासपुर। उस लड़ाई में ज़मींदार के लठैत और कंपनी के सैनिक डर कर भाग गए। कुछ काँपने लगे, *(हँसते हुए)* उस दिन महास्थान गढ़ में मेला था। मंजू ने दस गाँवों के लोगों को जमा कर लिया था। घोड़े पर चढ़कर घूम रहा था। ढाका से ख़बर आई है–राजशाही से कंपनी बेदख़ल हो चुकी है। कलकत्ता से लाट साहब ने सेना भेजी है। इधर राजमहल से बिहार के पास मुर्शिदाबाद, वीरभूम, उधर कोचबिहार से भूटान तक आग लग चुकी है–यह आग अब बुझेगी ना।

पंडित : आग लगाने से तो नहीं होगा। इसका अंत क्या है?

संन्यासी : अभी तो शुरू हुआ है। अंत में क्या होगा, मालूम नहीं। असली लड़ाई कंपनी से, अंग्रेज़ से है। उसने इस देश को ख़त्म कर दिया है, उसने किसानों को, बुनकरों को ख़त्म कर दिया है। व्यवस्था-वाणिज्य कला—सब कुछ में आग लगा दी है। गाँव-गाँव में आग जल रही है। पीछे हटने का रास्ता नहीं। अब पीछे नहीं हटा जा सकता है।

फ़कीर : आपसे अनुरोध है—इस इलाके में आप लोकप्रिय हैं। हमने गाँवों में आदमी को भेजा है। सब तैयार हैं। सभी आपकी प्रतीक्षा कर रहे हैं।

पंडित : क्या होगा यहाँ। लोगों को गाँवों से ले जा रहा है। कहाँ ले जा रहा है।

फ़कीर : मनसा जंगल जा रहे हैं। मनसा जंगल से बैकुंठपुर जंगल जाएँगे। चालीस कोस दूर है। संपूर्ण इलाके पर कब्ज़ा रखना होगा। कंपनी, सिपाही और सैनिक इसी रास्ते से भेजती है—यही एक रास्ता है।

पंडित : हमें क्या करना है?

फ़कीर : लोगों को भरोसा देना होगा। शक्ति देनी होगी। हम उसकी परवाह नहीं करते हैं।

पंडित : कंपनी की सेनाएँ, कंपनी के हथियार।

फ़कीर : डरते नहीं हैं। ज़मींदार और कंपनी के पास सैनिक हैं, हमारे पास आदमी हैं। उनके पास हथियार हैं, हमारे पास भी हथियार हैं। सिर्फ़ अकाल से डरता हूँ—खेती नहीं है, खाना नहीं है। लोग सो जाते हैं, सोते-सोते मर जाते हैं—इसी का डर है।

[पंडित चुप है, फ़कीर उसका हाथ पकड़ लेता है।]

पंडित : अकाल ने देश को स्वाहा कर दिया है। लोग अपने बेटा-बेटी को बेच रहे हैं। गिद्ध लाशों से खेल रहा है। समुद्र पार करके हमारे देश को दख़ल कर लिया। जादू-मंत्र से दख़ल नहीं किया है। उसके पास बुद्धि है, शक्ति है। इसलिए हमारे पास मन की शक्ति नहीं आती है।

फ़कीर : हम गल-गल कर मरेंगे? उसका धर्म है लोगों को गुलाम बनाना, लोगों को पराधीन करना। अंग्रेज़ यही चाहते हैं, आप भी यही चाहते हैं?

पंडित : नहीं—यह नहीं चाहता हूँ।

फ़कीर : इसलिए उसे मरना होगा, जो हमें मार रहे हैं। प्रतिशोध! सब मिलकर प्रतिवाद करेंगे। बचेंगे या मरेंगे।

संन्यासी : लोग हमारे साथ हैं। हम न्याय की ओर हैं। भगवान् हमारी ओर है।

पंडित : *(थोड़ी देर के बाद)* मेरा भी आशीर्वाद तुम्हारे साथ है। *(ब्राह्मण का प्रवेश। थोड़ा विस्मित)*—अच्छा जा रहा हूँ। *(जाते-जाते ब्राह्मण को देखता है।)*

पंडित : कहिए, ठाकुर जी!

ब्राह्मण : तुम्हारी बेटी रास्ता-घाट पर विभिन्न लोगों के साथ बातचीत करती है। यह ठीक नहीं है। यह अच्छा नहीं है।

पंडित : किसके साथ।

ब्राह्मण : मुझे मालूम नहीं है। *(चले जाते हैं।)*

संन्यासी : उसने सती की बात कही है। शैतान है। पाँच जगह में उसकी पाँच पत्नी हैं।

फ़कीर : एक समस्या है—आपको कहता हूँ—एक निवेदन है—

पंडित : क्या?

फ़कीर : साहेब ने उस पार डेरा डाला है।

संन्यासी : सोनापुर गंज में।

फ़कीर : हाँ, एक सप्ताह हुआ है, अंग्रेज़ों की सेना आई है। पूरा का पूरा जत्था नहीं आया है। दो अधिकारी आए हैं और साथ में कुछ सेनाएँ भी हैं। रास्ता ठीक करना उनका काम है। रंगपुर की राह पर वे मार्च करेंगे। रास्ते को अपने कब्ज़े में रखेंगे। इस गाँव का अक्षय साहेब के यहाँ जाता है।

पंडित : अक्षय! हाँ, वह मेरा छात्र है। साहेब के यहाँ अंग्रेज़ी पढ़ने के लिए जाता है। साहेब उसे अंग्रेज़ी सिखाते हैं। उसका अब कोई नहीं है।

संन्यासी : अक्षय आपकी बात सुनते हैं।

पंडित : हाँ, सुनता है—क्यों कह रहे हो?

संन्यासी : हमें साहेब के घर की ख़बर चाहिए। साहेब की सेनाओं की ख़बर। उसका क्या अर्थ है। कितनी सेनाएँ हैं, और कितनी सेनाएँ आएँगी। ख़बर चाहिए। अक्षय दे सकता है। क्या आप उससे यह बात कह सकते हैं।

पंडित : *(थोड़ी-सी चिंता होती है)* सोचकर देखता हूँ। उसके साथ बातचीत करता हूँ। कठिन कार्य है—उसे संकट में नहीं डालना चाहता हूँ।

फ़कीर : अक्षय यहीं है। गीत सुन रहा है। उसको बुलाकर लाता हूँ। *(संन्यासी जाता है।)*

पंडित : पिछले साल भी मेला लगा था। इस वर्ष सब कुछ समाप्त हो गया। इस बार की तरह अकाल कभी भी नहीं हुआ था।

[संन्यासी अक्षय को लेकर आता है।]

अक्षय : पंडित जी, आपने बुलाया है?

पंडित : कहाँ थे?

अक्षय : गीत सुन रहा था।

पंडित : तुम एक बार मेरे घर आओ।

अक्षय : कब आऊँ?

पंडित : तुम्हें जब सुविधा हो।

[पंडित चले जाते हैं। संन्यासी और फ़कीर भी चले जाते हैं। मंच पर अकेला अक्षय है। पर्दा गिरता है।]

तीसरा दृश्य

[अंग्रेज़ के घर पर दो व्यक्ति सैनिक पोशाक में हैं और एक व्यक्ति साधारण पोशाक में—थोड़ी उत्तेजना। शराब

पी रहे हैं।]

सैनिक : क्या सभी जगह हमें ही जाना होगा? यह हमारा काम है? ज़मींदार क्या कर रहे हैं? उनके पास भी तो फोर्स है।

अफ़सर : ज़मींदारों के समक्ष भयावह संकट है। वे सामना नहीं कर पा रहे हैं। कई सौ घटनाएँ घट चुकी हैं। कचहरी में लूट हो चुकी है। ज़मींदार आत्मरक्षा भी नहीं कर पा रहे हैं।

सैनिक 1 : *(अख़बार पढ़ते हुए)* आप बोल रहे हैं—कई सौ घटनाएँ घट चुकी हैं। मैं बोल रहा हूँ अठारह सौ घटनाएँ घटी हैं। सभी घटनाओं में हस्तक्षेप करना कठिन है। सभी जगह फोर्स लेकर जा भी नहीं सकता हूँ। गुन्त गाँव। जंगल—पहाड़—रास्ता नहीं—भयावह परिस्थिति है। उत्तर बिहार-बंगाल डिस्टर्ब्ड हो चुका है।

अधिकारी : इस समय हस्तक्षेप करना ठीक नहीं है। क्रांति का स्वरूप उभर रहा है। गाँव में अकाल है और उधर कपंनी ने मालगुज़ारी वसूलने का आदेश दिया है। मालगुज़ारी 53 फ़ीसदी बढ़ा दी गई है। क्या उपाय है? मैंने ज़मींदार से बातचीत की है। उन्हें समझाया है—दबाव दिया है।

सैनिक : ग्रामीणों से ज़मींदार को सहायता नहीं मिल रही है। यही समस्या है।

अधिकारी : इस वक़्त उसे कौन सहायता देगा। ज़मींदार ख़ुद गाँव छोड़कर शहर आ गए हैं। गाँव की सारी शक्तियाँ एकजुट होकर लामबंद हो गई हैं।

[एक सैनिक दो बंदियों को लेकर मंच पर आता है।]

सैनिक 2 : हाजत में ले जाओ।

सैनिक 1 : कचहरी पर इसने हमला किया है। इसे मदद कहाँ से मिल रही है?

अधिकारी : इस विद्रोह का नेतृत्व दे रहे हैं—संन्यासी और फ़कीर। वे धार्मिक लोग हैं। थोड़ा-बहुत व्यवसाय भी करते हैं। कई इलाकों में वे सिल्क का व्यापार करते हैं। सूद का

व्यापार भी चलाते हैं। पहले वे मालगुज़ारी नहीं देते थे। कंपनी ने अब उन लोगों पर कर बैठा दिया है। असली शैतान वे ही है। वे कंपनी के खिलाफ़ विद्रोह कर रहे हैं।

सैनिक 2 : फ़कीर-संन्यासियों पर नज़र रखी गई है। भूटान-नेपाल जाना बंद कर दिया गया है। लेकिन कचहरी पर बारंबार हमले हो रहे हैं। इन हमलों पर रोक लगाना मुश्किल हो गया है। एक के बाद एक घटना घट रही है।

सैनिक 1 : हथियार कौन-से हैं?

सैनिक 2 : *(कागज़ देखते हुए)* छुरा, बल्लम, भाला, त्रिशूल, तलवार...। अग्नियास्त्र नहीं है। हमारे सैनिकों से भी कुछ हथियार छीन लिए हैं।

सैनिक 1 : कैसे? कहाँ? हथियार छीना है।

सैनिक 2 : कई घटनाएँ घटी हैं। अंतिम बार शीलबाड़ी में हुई है। मंजू ने इसका नेतृत्व किया था। जंगल का इलाका, थर्ड बटालियन का कैप्टन एडवार्ड मारा गया। कैप्टन डगलास भी आहत हो गए। हमारी फोर्स को भी वापस आ जाना पड़ा। हथियार उन लोगों के हाथों में चला गया।

सैनिक 1 : लोकल फोर्स नहीं थी?

सैनिक 2 : हाँ, थे। वे पहले ही भाग गए।

सैनिक 1 : भारतीय सेना क्या कर रही है?

सैनिक 2 : काफ़ी भयभीत हैं। कारगर साबित नहीं हो पा रहे हैं। फिर भी मुठभेड़ करते हैं।

सैनिक 1 : उन लोगों के नाम लिखो। उन्हें दंड दिया जाएगा।

अधिकारी : मेरे पास में सूचना आई है। भवानी पाठक और फ़कीर के बीच समझौता हुआ है। यह एक भयानक विपत्ति है—गाँव के किसान, तांती, फ़कीर, संन्यासी सभी एकजुट हो गए हैं। हिंदू और मुसलमान यही सबसे बड़ी विपत्ति है। भवानी पाठक हमेशा कंपनी का विरोध करते हैं। यदि वे उन लोगों के साथ समझौता करते हैं, तो हमें अपनी रणनीति बदलनी है।

अधिकारी : उसको बगल वाले कमरे में बैठाकर रखो।

सैनिक 1 : आश्चर्य की बात है—हिंदू और मुसलमान एकजुट कैसे हो गए हैं। उनकी एकता को तोड़ना क्या कठिन है?

अधिकारी : यह एक विचित्र देश है! कई धर्म हैं, कई मत हैं। और संन्यासी, फ़कीर और सूफ़ी हैं। व्यापार-वाणिज्य करने के बावजूद वे उदार हैं। उन लोगों के बीच एकता भी है। संन्यासी और फ़कीर। उनका सामाजिक प्रभाव कम नहीं है। ज़मींदार भी उनसे डरते हैं। किसान उन पर अटूट श्रद्धा रखते हैं। उन लोगों का अपना-अपना अखाड़ा है। सभी के शिष्य हैं। उनका सामाजिक प्रभाव भी है। संख्या कम नहीं है—कई हज़ार—क्या सिर्फ़ बंगाल में ही हैं। ये...

सैनिक 1 : क्या हम उनकी एकजुटता को तोड़ नहीं सकते हैं?

अधिकारी : कैसे?

सैनिक 1 : धर्म के जरिये—धर्म की एकता को...

सैनिक 2 : हिंदू बनाम मुसलमान...

अधिकारी : मैंने कोशिश की है। आप भी कीजिए। संन्यासी और फ़कीर के बीच झमेला शुरू हुआ है। इसे काम में लगाना होगा। कंपनी की रिपोर्ट आई है। सिर्फ़ सेना के माध्यम से ही नहीं बल्कि सामाजिक हस्तक्षेप भी करना होगा। ज़मींदारों की रक्षा करनी होगी। मालगुज़ारी वसूलने की नीतियों को बदलना होगा। गाँव इलाके को नहीं छोड़ा जा सकता है। लेकिन यह तो बाद की बात है। अभी तो किसी तरह इस आंदोलन को तोड़ना है।

सैनिक 1 : यह ज़िम्मेवारी हमारी है?

अधिकारी : यह काम आपको देना चाहता हूँ।

सैनिक 1 : मैं अपनी क्षमता के अनुसार काम करूँगा। मुझे अपनी फोर्स बढ़ानी होगी। छोटे-छोटे दलों को बढ़ाने की अपेक्षा बड़े पैमाने पर अभियान करना होगा। हमें इस सशस्त्र विद्रोह को रोकना है। आपसे अनुरोध है—

अधिकारी : कहिए—

सैनिक 1 : क्या कुछ दिनों के लिए मालगुज़ारी वसूली बंद की जा सकती है—क्योंकि शहर अपने कब्ज़े में हैं, लेकिन गाँवों पर नियंत्रण सही ढंग से नहीं है।

अधिकारी : कोई उपाय नहीं है। ऊपर से आदेश आ रहा है। लंदन से चाप आ रहा है। मैं कुछ नहीं कर सकता हूँ। यह नीतिगत सवाल है।

[एक सिपाही काग़ज़ देने के लिए आता है और काग़ज़ देकर चला जाता है।]

सैनिक 2 : और एक घटना हुई।

सैनिक 1 : कहाँ?

सैनिक 2 : दिनाजपुर, नवगाँव में—शहर से तीस माइल दूर—अपना फोर्स उन लोगों को हरा चुका है। उन लोगों में से 60 आदमी मर चुके हैं तथा 200 गिरफ़्तार हो चुके हैं।

सैनिक 1 : क्या हमारे लोग भी मारे गए हैं?

सैनिक 2 : शायद हमारे सभी लोग ठीक हैं। मंजूशा ने इस आपरेशन का नेतृत्व दिया है।

सैनिक 1 : अभी वह कहाँ है?

सैनिक 2 : कोई रिपोर्ट नहीं है?

सैनिक 1 : *(चिल्लाते हुए)* सूचना क्या है? मंजू को गिरफ्तार करना होगा। उसे किसी भी कीमत पर...। आप सूचना भेज दीजिए। जिन लोगों को गिरफ्तार किया गया है, उन्हें फाँसी देना है।

[अधिकारी-2 नोट लिख रहा है।]

सैनिक 1 : कलकत्ता से जो फोर्स आ रहा है, उसके आने में देर क्यों हो रही है?

सैनिक 2 : कोई ख़बर नहीं है।

सैनिक 1 : शायद कोई बाधा आ गई हो?

सैनिक 2 : समझ में नहीं आ रहा है।

सैनिक 1 : कलकत्ता ख़बर भेजो—यदि किसी तरह की बाधा आती है, तो रास्ते में जितने भी गाँव हैं—सभी को समाप्त कर दो। पाठ पढ़ना होगा। हम उसी फोर्स पर निर्भर हैं।

अधिकारी : कलकत्ता से कौन-सी फोर्स आ रही है? कितनी संख्याएँ हैं?

सैनिक 1 : लेफ्टिनेंट किथ, कैप्टन मैंकेंजी, कैप्टन टमास—चार बटालियन फोर्स आ रही है। उनके साथ कमान आ रहा है। उस कमान का गोला हमें युद्ध जिताएगा। *(एक सिपाही आता है।)*

सिपाही : एक लड़का आया है।

अधिकारी : भेज दो। आपको जिसके बारे में कहा था।

[अक्षय आता है। चारों ओर डरते-डरते देखता है।]

अधिकारी : कैसे हो? अंग्रेज़ी सीख रहे हो?

अक्षय : हाँ, *(एक किताब वापस देते हुए)* एक और किताब दीजिए।

अधिकारी : बाद में आना। अभी व्यस्त हूँ।

अक्षय : मैं जा रहा हूँ।

अधिकारी-2 : रुको। क्या फ़कीर को पहचानते हो?

अक्षय : कौन फ़कीर!

अधिकारी-2 : शांतिपुर का फ़कीर। तुम उसे पहचानते हो। जो पंडित के घर गीत गाने के लिए जाता है। *(अक्षय चुप है)* बहुत सीधा बन रहा है। *(रिवॉल्वर अक्षय के माथे में लगाते हुए)* जिस दिन फ़कीर पंडित के आता है, वह ख़बर मुझे चाहिए। यदि ख़बर नहीं आती है, तो गोली मार दूँगा। *(धक्का देकर बाहर चला जाता है।)*

अधिकारी-1 : अंग्रेज़ी जानता है।

अधिकारी-2 : हाँ, अंग्रेज़ी जानता है—अपना ही आदमी है। *(शराब पीता है। ठहाके लगते हैं।)*

चौथा दृश्य

[पंडित जी के घर के सामने एक पेड़ के नीचे कुछ छात्र पढ़कर उठ रहे हैं।]

पंडित : आज यहीं तक। कल आगे बढ़ा जाएगा। सूर्यास्त से पहले आना—सती क्या है—बोलो।

[सत्यवती आँचल में मुड़ही और नारियल का लड्डू लेकर आती है। छात्रों को देती है।]

पंडित : सुनो—कल जो कहा था याद है? बंगाल के नवाब कौन थे?

विद्यार्थी : सिराजुद्दौला।

पंडित : राजधानी कहाँ थी?

विद्यार्थी : मुर्शिदाबाद।

पंडित : नवाब किस युद्ध में हारे थे?

विद्यार्थी : पलासी युद्ध।

पंडित : क्यों हारे थे? *(थोड़ा रुककर)* विश्वासघात के चलते। नवाब के दोस्तों ने विश्वासघात किया था। विश्वासघात के कारण अंग्रेज़ों ने देश पर कब्ज़ा कर लिया। कंपनी सत्ता में आ गई। नहीं तो, हम स्वाधीन रहते। देश की यह स्थिति नहीं होती, तुम लोगों को खाना मिलता। पाठशाला भी भरी रहती।

[विद्यार्थियों के हाथ में मुड़ही देखकर गाँव के कई लोग आते हैं और वहाँ भीड़ करते हैं।]

पंडित : तुम लोगों को क्या हुआ?

एक आदमी : थोड़ी मुड़ही दीजिए। मुड़ही खाना है।

[सती घर से मुड़ही लाती है। कई लोगों को मुड़ही देती है। भीड़ बढ़ती है। सत्यवती और लोगों को मुड़ही नहीं दे पाती है।]

पंडित : नहीं रुकोगी। घर से जितनी मुड़ही है, सब दे दोगी, तब भी संभव नहीं है। कितने लोगों को दोगी। गाँव भर को खिला सकती हो। *(विद्यार्थियों से)* तुम लोग घर जाओ। कल आना।

[भीड़ कम नहीं होती है। घायल फ़कीर को लेकर दो संन्यासी आते हैं।]

पंडित : क्या हुआ?

संन्यासी : जाओ...जाओ, अभी जाओ *(भीड़ कम होती है।)*

पंडित : क्या हुआ फ़कीर भाई?

फ़कीर : पाँव में थोड़ी चोट आ गई। अंग्रेज़ सैनिकों की गोली—नहीं निकली है। घिन आ रही है। उसकी गोली पाँव में—

पंडित : इसे घर ले चलो। सती—देखो, घर में सुलाओ।

संन्यासी : थोड़ा गरम पानी चाहिए। *(एक संन्यासी फ़कीर को घर ले जाता है।)*

पंडित : कैसे चोट आ गई?

संन्यासी : मनसा जंगल पर धावा बोल दिया। हमारे दो सौ लोग थे। हमने भी नहीं छोड़ा। हमारे लोग भी जख़्मी हुए। लड़ाई चल रही है।

पंडित : कितने लोग मारे गए हैं?

संन्यासी : नहीं मालूम। जो राह में मारे गए उनके बारे में कुछ भी पता नहीं है।

पंडित : *(चुप रहो)* अंग्रेज़ सेना लेकर धावा बोलेगा। चारों ओर से हमले—ढाका, मुर्शिदाबाद, कलकत्ता। उनके पास बंदूक।

संन्यासी : क्या होगा बंदूक से, देश की जनता अपने साथ है।

पंडित : जिसको खाना नहीं मिल रहा है, वह कितने दिन लड़ेगा। चारों ओर बुरी ख़बर है—हज़ारीबाग, रंगपुर, वीरभूम...

संन्यासी : पीछे हटने का सवाल ही नहीं है। मरेंगे या मारेंगे।

पंडित : घर चलो, देखें फ़कीर को—

[पीछे से बम की आवाज़ आती है। कोलाहल बढ़ता है। संन्यासी घर से बाहर निकलता है। पंडित बाहर आता है। घर से संन्यासी बाहर आ जाता है।]

पंडित : गोले की आवाज़ आ रही है। लगता है पास में ही कहीं...।

संन्यासी : देखते हैं। *(बाहर आता है।) (घर से सत्यवती निकलती है उसके पीछे फ़कीर है। संन्यासी वापस आता है।)*

फ़कीर : मनसा जंगल में कितने लोग हैं।

संन्यासी-2 : दो हज़ार। कुछ लोग बीमार पड़े हैं—पानी नहीं है।

फ़कीर : कितने लोग ठीक हैं?

संन्यासी-2 : हज़ार-पाँच सौ ठीक हैं।

फ़कीर : हथियार ठीक हैं?

संन्यासी : हाँ, दस-बारह बंदूक हैं।

[गोले की आवाज़ लगातार आ रही है। पहला संन्यासी भी बाहर से लौटता है।]

फ़कीर : क्या हुआ, बोलो?

संन्यासी : कंपनी की सेना सोनापुर कोठी से मनसा जंगल की ओर बढ़ रही है।

फ़कीर : पक्की ख़बर है?

संन्यासी : पक्की ख़बर है—उन लोगों के दो सौ—अंग्रेज़ सैनिक चालीस और साथ में कमांडर। मनसा जंगल को घेर लेगा—समय नहीं है।

फ़कीर : चलो मनसा जंगल। हम आगे पहुँच जाएँगे। उन लोगों के पहुँचने से पहले हमें पहुँचना होगा। हमें लड़ाई शुरू करनी होगी। *(पहले संन्यासी से)* घोड़ा तैयार है?

पंडित : नहीं होगा फ़कीर। तुम्हारे पैर में गोली लग चुकी है।

फ़कीर : नहीं होगा।

संन्यासी-2 : तुम यहीं रहो—कल सुबह तक मधुपुर, कृष्णपुर हाटों में ख़बर पहुँचानी है। सभी मनसा के जंगल में इकट्ठा होंगे। यदि हम यह लड़ाई हारते हैं, तो समझो मनसा जंगल हार गए—बैकुंठपुर भी हाथ से निकल जाएगा। बैकुंठपुर जाने से सर्वनाश हो जाएगा—मंजू के भाई से हमने वादा किया है। बैकुंठपुर नहीं छोड़ूँगा।

पंडित : नहीं, फ़कीर—तुम से नहीं होगा—

फ़कीर : हो जाएगा। पंडित जी हो जाएगा। जान देनी है, नहीं तो अंग्रेज़ ग़ुलाम बना लेगा। और एक बात है *(संन्यासी-2 से)* मंजू के भाई को ख़बर दो—जो गाँव में भूमिगत है, वे पश्चिम की ओर चले जाएँ ताकि गाँव बच जाए। *(अब निकलना चाहिए।)*

पंडित : मेरी बात सुनो, फ़कीर अभी मत जाओ। *(गोले की आवाज़ आती है।)*

फ़कीर : जाना ही होगा। बुलावा आया है, अंग्रेज़ों का ख़ून बहाए बिना

मुझे शांति नहीं। मैं नहीं मरूँगा, पंडित जी। *(बाहर निकलता है।)*

पंडित : संन्यासी, क्या तुम अक्षय को ख़बर दे सकते हो। बोलना—आने के लिए। *(संन्यासी निकलता है।)* मुझे लगता है कि शायद संकट आए।

सत्यवती : पिताजी, दूध पीजिएगा। *(पंडित सिर हिलाते हैं)* थोड़ा। *(सती दूध लाती है, दो ग्रामीण आते हैं।)*

ग्रामीण : पंडित जी, गाँव में सिपाही आया है। नहर के निकट आ चुका है। *(पंडित कुछ भी नहीं बोलता है।)*

पंडित : हम टिक नहीं सके, अंग्रेज़ों की कूट बुद्धि के सामने। उनकी शक्ति के समक्ष, उनके गोले के समक्ष। अकाल, खटनेवाले लोग टिक नहीं सके। देखो—गाँव समाप्त हो गया। इस श्मशान में बैठकर क्या पाठशाला चलायी जा सकती है। अब यहाँ मन नहीं लगेगा—धुआँ आ रहा है। देखो तो क्या हुआ? *(सती मंच की ओर जाती है।)*

सत्यवती : पिताजी, पुरपाड़ा में आग लगा दी है। घर जल रहे हैं। घरों से आग की लपटें उठ रही हैं—आकाश लाल हो चुका है। *(संन्यासी और अक्षय आते हैं। दोनों बेचैन हैं।)*

अक्षय : पंडित जी, मुझे गिरफ़्तार करना चाहता है। मेरे घर पर आया था, मैं भाग गया। मेरे घर में आग लगा दी—मुझे मार देगा—दूसरे घरों में भी आग लगा दी है।

संन्यासी : अभी तुरंत निकलना होगा। ये शांतिपुर में भी आग लगाना चाहते हैं। पंडित जी तैयार हो जाएँ। आपको भी नहीं छोड़ेगा। चलो तुरंत चलें—सती चलो जल्दी करो। नहीं छोड़ेगा—चलो, जल्दी चलो।

पंडित : कहाँ जाऊँगा, कैसे जाऊँगा।

संन्यासी : पंडित जी अंग्रेज़ों का गुलाम नहीं बनूँगा। हमारे लोग मनसा जंगल चले गए हैं। नहीं तो, सबको चुन-चुनकर पेड़ में लटका देते। कोई रास्ता नहीं है—तुरंत गाँव छोड़ना होगा—रातोंरात रंगपुर पहुँचना है—सती कुछ लेना चाहो तो ले लो।

संन्यासी : सर्वनाश—चला आया—

पंडित : घर में जाओ। भीतर चले जाओ, जाओ।

[संन्यासी और अक्षय घर के भीतर चले जाते हैं। कई सैनिकों के साथ अंग्रेज़ अधिकारी घर में घुसता है।]

सैनिक : अक्षय यहाँ आया है। ठीक-ठीक बोलो। *(पंडित जी कहते हैं—नहीं। वे बैठे रहते हैं—दो लोग घर में घुसते हैं।)* संन्यासी और अक्षय को पकड़कर लाते हैं।

संन्यासी : चुप। *(धीरे-धीरे)* साहब, तुमको मिट्टी में गाड़ देते—यह हमारी धरती है और तुम्हारा ख़ून भी ताज़ा हो जाता। *(संन्यासी को रस्सी से बाँधता है और अक्षय को भी बाँधने के लिए बढ़ता है।)*

पंडित : छोड़ दो। क्यों ग़रीब लोगों को मार रहे हो। क्यों घर जला रहे हो।

सैनिक : चुप रहो। तुम्हारे घर में भी आग लगा दूँगा। तुम्हें भी गिरफ़्तार करूँगा। उन दोनों को ले जाओ। *(दोनों को ले जाने की कोशिश करता है। पंडित जी बाधा दे रहे हैं।)*

पंडित : नहीं...नहीं...नहीं जाने दूँगा। जब तक जान है, तब तक नहीं जाने दूँगा।

सैनिक : *(एक धक्का देता है)* हटो। क्या तुम भी बदमाश हो। तुम्हें भी दंड दूँगा।

पंडित : हाँ, सभी बदमाश हैं। इस देश के सभी लोग शैतान हैं। करोड़-करोड़ लोग शैतान हैं। और तुम भगवान् हो। यही तुम्हारा राजधर्म है। तुम हमें स्वर्ग ले जाओगे। तुम्हारे स्वर्ग हम नहीं जाएँगे। *(सैनिकों को रोकता है।)*

सैनिक : इसे भी गिरफ़्तार करो।

[दो सैनिक पंडित को भी गिरफ़्तार करते हैं। सैनिक धक्का देते हुए।]

अक्षय : पंडित जी! *(रोता है।)*

पंडित : मत रोओ। रोना नहीं चाहिए—हम नहीं टिक सके। लेकिन तुम लोगों का सत्यानाश होकर रहेगा। चलो कहाँ ले चलते हो। देखते हैं—तुम कहाँ ले जाते हो—कितना दूर...

[सैनिक सभी को लेकर चले जाते हैं। मंच पर सती रोती है। मंजू साहा का गीत।]

[पर्दा गिरता है]

एक इंसान की मौत

पात्र

तापस
तापस की पत्नी
तापस की बड़ी बेटी और छोटी बेटी
तापस के पिता और काका
सीमा, दोस्त, मास्टर साहब
कर्मचारी-1, कर्मचारी-2, कर्मचारी-3
अधिकारी, उद्योगपति-1, उद्योगपति-2
सम्पादक, महिला, युवक
एक्जीक्यूटिव-1, एक्जीक्यूटिव-2
एक्जीक्यूटिव-3, एक्जीक्यूटिव-4
एक्जीक्यूटिव-5

पहला दृश्य

[पर्दा उठता है। मंच पर अँधेरा है। चौकी पर तापस सोया हुआ है। बाहर कुत्ते भौंक रहे हैं। कौए की आवाज़ आती है, तापस उठकर बैठता है। खड़ा होता है। फिर बैठ जाता है।]

[पिता का प्रवेश]

तापस : पिताजी मैं पास हो गया। रिजल्ट अच्छा हुआ है।

पिता : सुना हूँ। इसलिए तुम्हें देखने आया हूँ।

तापस : क्या आप सो गए थे। इसलिए मैंने आपको नहीं उठाया। कल सुबह में ख़बर देता। आप जाकर सो जाइए।

पिता : मुझे मालूम था—तुम सफल होगे। अच्छा हुआ है, अच्छी बात है। जा रहा हूँ। क्या तुम सो गए थे। *(बाहर जाकर फिर वापस आता है।)* एक बात कहूँ। एम. ए. करना चाहते हो, तो करो। पढ़ने के साथ-साथ कुछ काम की भी बात सोचना। मैं चल नहीं पाता हूँ। तुम देख ही रहे हो।

तापस : हाँ पिताजी—मुझे सब कुछ पता है। अभी जाकर सो जाइए—सब ठीक हो जाएगा।

पिता : मास्टरी नहीं करना—मास्टरों की कोई इज़्ज़त नहीं है। हमारे जैसे मास्टरों को कोई इंसान नहीं कहता है। *(थोड़ा आगे बढ़कर)* तुम एक बड़ा आदमी बनो। बड़ा काम करो। दुनिया देख पाओगे। जहाज़ पर चढ़ोगे। मैं कभी आकाश में नहीं उड़ पाया। हमारे जैसे मास्टर नहीं होना।

तापस : पिताजी सोच-समझकर निर्णय लिया जाएगा। कल सुबह आपसे बातचीत करूँगा।

पिता : मैं अधिक सोच नहीं पाता हूँ। तुम्हें ही सोचना है। मैं क्या सोचूँ–रुपया नहीं रहने से इंसान की कोई कीमत नहीं है। रुपया ज़रूरी है, लेकिन इंसानियत की भी ज़रूरत है। दोनों को मिलाना चाहिए। तुम सोचो। अभी तुम्हारी उम्र है–मेरी उम्र तो ख़त्म होने वाली है–इस उम्र में कुछ सोच भी नहीं सकता हूँ।

तापस : सोच रहा हूँ। सब कुछ सोच रहा हूँ–चिंता करने की ज़रूरत नहीं है। जाकर सो जाइए।

पिता : जल्दी कुछ करो। घर की स्थिति अच्छी नहीं है। किसी तरह गुज़र हो रहा है। मेरी मास्टरी से नहीं चल पा रहा है। तुम्हारी माँ चुप रहती है–मैं समझता हूँ–यही सोचता रहता हूँ–नींद नहीं आती है। अब तुम जो करो। तुम एकमात्र भरोसा हो। *(बढ़ते-बढ़ते रुकता है।)* मेरी एक बात याद रखना, रुपया चाहिए, लेकिन इंसान भी बनना ज़रूरी है। इंसान–बड़ा इंसान–इंसान की तरह इंसान। *(बाहर चला जाता है।)*

[काका का प्रवेश। पैंट-शर्ट और टाई पहने हुए हैं।]

काका : कल इंटरव्यू देने क्यों नहीं गया। *(तापस चुप है।) (चिल्लाकर)* कल इंटरव्यू क्यों नहीं देने गया?

तापस : क्योंकि नौकरी मुझे नहीं मिलती।

काका : अपने लिए भी नहीं सोचते हो–मूर्ख–मेरी बात नहीं सुनकर घर में बैठा रहा–तुम्हारा साहस तो कम नहीं है।

तापस : इस तरह–सिफ़ारिश से–

काका : अहम् करता है? कौन तुम्हारा हाथ पकड़कर नौकरी देगा? मैंने अपने दोस्त को फ़ोन किया था। मेरा भी तो मान-सम्मान है।

तापस : आप बोल देंगे और मुझे नौकरी हो जाएगी–

काका : हाँ, होगी। क्या तुम्हें नौकरी मिलेगी? सब कुछ देख-सुनकर थक गया हूँ। सिफ़ारिश, पिछला दरवाज़ा-अगला दरवाज़ा। तो मुझे क्यों कहे थे, क्यों? नौकरी के लिए मेरे दफ़्तर में बैठे रहे।

तापस : मैं उस तरह नहीं चाहता हूँ।

काका : कैसे चाहते हो? बाज़ार में तुम्हारी क्या हैसियत है? तुम्हारी क्या योग्यता है?

तापस : मैं जो हूँ...हूँ।

काका : रास्कल! कभी भी मेरे पास नहीं आना। जाओ...भागो। *(तापस टेबल पर से पानी की बोतल उठाता है। पानी पीता है। सीमा का प्रवेश)*

तापस : तुम अच्छी लग रही हो। *(सीमा हँसती है।)* ऐसा कभी भी नहीं देखा था। सुन्दर दिख रही हो।

सीमा : नौकरी हुई?

तापस : नहीं।

सीमा : तुमने तो कहा था कि नौकरी होगी—

तापस : इज़्ज़त पर चोट लगी। मन भी यही कह रहा था।

सीमा : अद्‌भुत आदमी हो? किस चीज़ की इज़्ज़त?

तापस : मैं जानता हूँ कि कई सौ लड़कों ने परीक्षा दी है। इंटरव्यू दिए हैं। सपने देखे हैं। और मैं बीच में पीछे दरवाज़े से ढूँक जाऊँ। एक जुआरी की तरह जीत जाऊँ।

सीमा : सामने के दरवाज़े से जाओगे?

तापस : ख़ुद कोशिश करनी होगी। ख़ुद की चेष्टा से नौकरी होगी। हाँ, थोड़ा समय लग सकता है।

सीमा : काका ने तुम्हारे लिए ही काम किया है।

तापस : अच्छा-बुरा समझना कठिन है। मैंने उनको नौकरी के लिए कहा था। उन्होंने मेरे लिए नौकरी की कोशिश भी की थी। लेकिन नौकरी अटक गई। मेरे काका को तुम नहीं जानती हो।

सीमा : कैसे समझ पाऊँगी? तुम्हारे काका हैं—तुम पहचानो। लेकिन मैं अपने माँ-पिताजी को क्या कहूँगी? दिसम्बर तक कुछ करो—नहीं तो, मैं उन लोगों से क्या कहूँगी। माँ-पिताजी को कुछ नहीं समझा पा रही हूँ।

तापस : वे नहीं समझेंगे?

सीमा : वे भी तो हमारे लिए अच्छा ही सोचते होंगे।

तापस : नौकरी को लेकर समस्या में फँस गया हूँ। नौकरी होने से

अच्छा होता। अपमानित हो रहा हूँ। काका और उनके दोस्त सभी एक जैसे हैं। जैसे वे मुझ पर दया कर रहे हों। कोई ममता नहीं, मानवता नहीं। घमंडी हैं। तुम्हें नौकरी की ज़रूरत है—सिर झुकाकर नौकरी ले लो। काफ़ी विचार-विमर्श किया। फ़ैसला किया, नौकरी उन लोगों से नहीं लूँगा। इस फ़ैसले के बाद शांति मिली। आत्मसम्मान पुनः वापस हो आया। हम लोगों का भी तो एक आत्मसम्मान है। ऐसा भी लगता है कि ग़लती हो गयी। तुम्हारी बात, तुम्हारे परिवार के बारे में सोचता हूँ, तो लगता है कि ग़लती हो गई। सिर झुकाकर नौकरी ले लेता—तो ठीक ही होता। फिर मन कहता है कि नहीं, मैंने ठीक किया। ठीक से समझ भी नहीं पाता हूँ।

सीमा : तुम किसी भी विषय पर सटीक निर्णय नहीं ले पाते हो?

तापस : ऐसा क्यों कह रही हो?

सीमा : यही देख रही हूँ। असल में तुम क्या हो, क्या चाहते हो—तुम्हें ख़ुद पता नहीं है।

तापस : नहीं, तुम यही सोच रही हो।

सीमा : हाँ। तुमने नौकरी क्यों नहीं की—बोलो?

तापस : अन्याय होता।

सीमा : आज जो कर रहे हो—वह न्याय है। क्या न्याय है, क्या अन्याय है? ख़ुद के लिए सोचती हो, दूसरों के लिए भी सोचा करो?

तापस : दिसंबर तक कुछ करना होगा।

सीमा : जा रही हूँ।

तापस : कुछ बोलो।

सीमा : समय नहीं है।

तापस : तुम मेरे लिए सोचो?

सीमा : देख रही हूँ। *(कहकर चली जाती है।)*

तापस : सुनो न, एक बात है। एक बात है।

[सीमा निकल जाती है, दोस्त का प्रवेश]

दोस्त : क्या रे, काग़ज़ ठीक-ठाक है।

तापस : कौन काग़ज़?

दोस्त : मतलब। जो काग़ज़ तुम्हारे पास देखा था।

तापस : अच्छा, हाँ...हाँ ठीक है।

दोस्त : क्या, अद्भुत है?

तापस : नहीं रे, ठीक है। मुझ पर विश्वास नहीं है।

दोस्त : विश्वास है, इसलिए तो आया।

तापस : सब ठीक है।

दोस्त : तुम्हें असुविधा नहीं होगी। कुछ दिनों के बाद ले जाऊँगा।

तापस : मुझे असुविधा हो रही है—मैंने तुमसे कुछ कहा नहीं।

दोस्त : तुम्हें देखकर कुछ तो पता चल ही गया है। मेरे चलते तुम किसी संकट में नहीं फँसोगे—मेरी बात पर विश्वास करो।

तापस : सभी संकट में हैं। संकट से टकराते हुए आगे बढ़ रहे हैं। मेरा संकट छोटा संकट है। इस स्थिति में रहूँगा कि नहीं। तुम्हारी समस्या बड़ी समस्या है। चारों ओर संकट है। तुम युद्ध कर रहे हो। मैं अभी तक उस जगह पर नहीं पहुँचा हूँ। मुझे अच्छा नहीं लगता है तुम्हारा यह युद्ध। प्रकृति के खिलाफ़ युद्ध करने में मुझे अच्छा लगता है। इंसान जो चाहता है, वह मिलता है।

दोस्त : रास्ता सही अपनाना होगा। रास्ता ग़लत होने से सब कुछ समाप्त हो जाएगा। बड़ा कठिन रास्ता है। बीच-बीच में झमेला होता है। रास्ते अपनाने के लिए बहस होती है। अपने लोगों के बीच लड़ाई हो जाती है। बाहर भी बहस छिड़ जाती है।

तापस : बताओ तो बहस क्यों होती है?

दोस्त : तुम कुछ समझ नहीं पा रहे हो। एक दिन समझोगे तुम्हें सुनना पड़ेगा।

तापस : सुनूँगा। मैं अपने-आपको समझ नहीं पाता हूँ। तुम समझ-बूझकर काम करते हो?

दोस्त : हाँ, तुम भी करोगे। तुम्हें सब कुछ समझाऊँगा। कॉलेज की बात याद आती है। *(कान के पास आकर)* मेरा नाम—तुम्हारा नाम वियतनाम, वियतनाम। जा रहा हूँ, बाद में आऊँगा।

[दोस्त चला जाता है। तापस पानी पीता है—मास्टर साहब आते हैं।]

मास्टर साहब : मैं अपना एक ट्यूशन तुम्हें देना चाहता हूँ। इसलिए आया हूँ।

तापस : बैठिए-बैठिए।

मास्टर साहब : इस उम्र में ट्यूशन करना कठिन हो गया है। बेलेघाटा से लेकर दमदम तक, पचहत्तर रुपये में ट्यूशन पढ़ाना अच्छा नहीं लगता है। दो ट्यूशन हैं। एक तुम्हें दे रहा हूँ। तुम यंगमैन हो, ट्रेन में झूलकर आ सकते हो, जा सकते हो। मुझसे नहीं हो पाता है। यह हाथ देखो—नौसैनिक था—जहाज़ी था, नौ-विद्रोही जहाज़ी, कोई विश्वास करेगा? *(हँसता है।)*

तापस : लेकिन आप कैसे चलाएँगे?

मास्टर साहब : कितने दिनों तक? और कितने दिनों तक रहना है? यही बात मैंने अपने एक दोस्त को भी कही थी। मैंने स्वाधीनता संग्रामी की पेंशन नहीं ली, उस समय मेरे एक दोस्त ने कहा था कि तुम्हारा कैसे चलेगा? जीवन क्या है? ख़र्च-खाता में नाम लिखवा लिया हूँ। जितने दिनों तक हूँ, उतने दिनों तक काम करूँगा। किसी की दया पर ज़िंदा नहीं रहूँगा।

तापस : मास्टर साहब आपको देखकर बल मिलता है। लेकिन चारों ओर दूसरे किस्म के लोग हैं। आपके जैसे लोग नहीं मिलते हैं।

मास्टर साहब : दो दिन के बाद मैं भी चला जाऊँगा। तुम्हारे पास हिम्मत क्यों नहीं है? यह ख़राब बात है। तुम सुबह-सुबह व्यायाम करो।

तापस : मैं व्यायाम नहीं करता हूँ।

मास्टर साहब : यही तुम्हारी ग़लती है। रोज़ व्यायाम करो। हिम्मत बढ़ेगी। *(तापस हँसता है।)* हँसते हो। मेरी बात सुनकर, देखना सब ठीक हो जाएगा।

तापस : सुनूँगा।

[मास्टर साहब चले जाते हैं। तापस बिस्तर पर लेटता है। सीमा—दिसंबर, दिसंबर। पिताजी—कुछ करो। काका—इडियट, इडियट। दोस्त—रास्ता खोजने के लिए बहस। व्यायाम करो। सोचते-सोचते तापस सो जाता है।।]

दूसरा दृश्य

[एक कंपनी का दफ़्तर, कारख़ाना बीमार है, दफ़्तर की बिल्डिंग काफ़ी पुरानी है। मज़दूरों के बीच तापस। दो अफ़सर।]

कर्मचारी 1 : हम और कितनी देर बैठें?

अफ़सर : थोड़ी देर और। रिपोर्ट बन रही है, दे दूँगा। *(एक अफ़सर निकल जाता है।)*

कर्मचारी 1 : जैसे दया दिखा रहे हैं उन लोगों ने कारख़ाना बंद किया है, हमें भी उनके पैर पकड़ना पड़ता है। रिपोर्ट दीजिए।

कर्मचारी 2 : रिपोर्ट उनसे ही माँगनी पड़ेगी। यदि वे रिपोर्ट नहीं देते हैं, तो बहस कैसे होगी?

कर्मचारी 1 : अपनी ज़िम्मेदारी है, है न?

कर्मचारी 2 : अभी, सबकी ज़िम्मेदारी है। उन लोगों को कॉपरेट करना होगा।

कर्मचारी 1 : दलाली करनी होगी। उसके लिए आप लोग हैं।

कर्मचारी 2 : क्या आलतू-फालूत बोल रहे हैं। यही करके आप लोगों ने सब कुछ डुबोया है।

कर्मचारी 1 : आप लोगों ने दलाली की है। क्या दलाली करने से कंपनी बचेगी?

कर्मचारी 2 : पहले दलाली शब्द वापस लीजिए। नहीं तो हम चले जाएँगे।

कर्मचारी नेता : क्या कर रहे हैं, आप लोग? पुराना झगड़ा बंद कीजिए। समझ नहीं पा रहे हैं।

कर्मचारी 1 : हम भी महसूस कर रहे हैं। लेकिन उन्होंने पहले भी मालिक को कॉपरेट करने की बात की थी। समझौता क्यों किया जाएगा?

कर्मचारी 2 : समझौता इसलिए करूँगा, ताकि कारख़ाना चल सके।

कर्मचारी 1 : हमारे समझौते करने से क्या होगा? हम भी चाहते हैं—कारख़ाना खुले। मालिक क्या कर रहा है? हम लोगों को एक तरह से समझा रहा है, बाहर दूसरे तरीके से और सरकार को कुछ और कह रहा है। हम लोग सात महीनों से संग्राम कर रहे हैं, चिल्ला रहे हैं, हड़ताल कर रहे हैं, क्या इससे कुछ हुआ है? वह होटलों में मीटिंग कर रहे हैं, दिल्ली दौड़ते हैं, बंबई उड़कर जाते हैं। कारख़ाना बंद होने से उनको क्या? इस

कारख़ाने को बंद कर वे एक और कारख़ाना खोलेंगे? और हम रास्ते पर बैठे रह जाएँगे।

कर्मचारी 2 : इसलिए तो कह रहा हूँ कि हम एकजुट होकर बैठें। मालिक-सरकार और हम।

कर्मचारी 1 : लेकिन आप तो उनकी ही बात करेंगे।

कर्मचारी 2 : आप चुप हो जाइए।

कर्मचारी नेता : देखिए, इस स्थिति में आप लोग इस तरह मत कीजिए। हमारी स्थिति बहुत ख़राब है। सात-आठ महीने से एक भी पैसा नहीं मिला है। सबकी एक जैसी स्थिति है। इस तरह और अधिक दिनों तक नहीं चल सकता है। मज़दूर गाँव चले जा रहे हैं। बेटी-पत्नी-बेटा रास्ते पर बैठ गए हैं। दोस्त-महिम के घर में और कितने दिनों तक खाएँगे। छँटनी करने के बावजूद कारख़ाना तो खोलें। लगता है कि कारख़ाना खुलेगा, लेकिन नहीं खुल रहा है। आप जानते हैं—नरेन हॉकरी कर रहा था। उसने आत्महत्या कर ली। अभी हम लोगों को एकजुट हो जाना होगा।

कर्मचारी 1 : उन लोगों के कारण नहीं होगा।

कर्मचारी 2 : हम लोगों के कारण नहीं होगा? हम क्या सुबह-शाम बिरियानी खा रहे हैं? क्यों ख़राब बात बोल रहे हैं?

कर्मचारी नेता : कोई आलतू-फ़ालतू नहीं बोलेंगे? हम सबको एक बात बोलनी चाहिए।

कर्मचारी 3 : हम हड़ताल पर हैं, क्यों, समझ नहीं पा रहे हैं। हड़ताल करने से हमें क्या लाभ होगा? मालिक तो ख़ुद कारख़ाना बन्द कर रहे हैं।

कर्मचारी 1 : आप लोग कैजुवल हैं, नहीं समझ सकते हैं। हम बकाया पाने के लिए हड़ताल कर रहे हैं। आप लोग हप्ताह पर काम करने वाले हैं।

कर्मचारी 3 : हाँ, आप लोग भी तो यूनियन के सदस्य हैं। संकट हमारे ऊपर भारी है। हम भी घर नहीं जा पाते हैं।

कर्मचारी 1 : अभी आपसे बातचीत करने से कुछ नहीं होगा। बाद में आप लोगों से बातचीत होगी।

कर्मचारी 3 : तब हमें यूनियन से निकाल दीजिए।

कर्मचारी 1 : इच्छा हो, तो चले जाइए।

कर्मचारी 3 : *(कर्मचारी 2 से)* आप लोग कहिए। हम कैजुवल हैं, तो बात नहीं सुनेंगे?

कर्मचारी 1 : कंपनी से जब बात होगी, तब आप भी रहिएगा।

कर्मचारी 2 : आपने तय कर लिया है कि बातचीत नहीं करेंगे, तो आए ही क्यों?

कर्मचारी 1 : आप सब समझ गए।

कर्मचारी नेता : आप झगड़ा नहीं करें, अनुरोध कर रहा हूँ। कैजुवल मज़दूर, हमें चाहिए। आपस में झगड़ा मत कीजिए। असली बात है कि मालिक की रिपोर्ट पहले मिले। उसके बाद हम ठीक करेंगे। उसके पहले हमें झगड़ा करने से क्या लाभ होगा? बाद में सब मिलकर एक रास्ता खोज लेंगे। तब तक हड़ताल चलेगी। हड़ताल ख़त्म करने से लाभ नहीं होगा। उसके ऊपर तब तक दबाव रखना पड़ेगा। नहीं तो वह कुछ नहीं सुनेगा।

कर्मचारी 1 : क्या आप रिपोर्ट नहीं जमा करेंगे?

कर्मचारी नेता : इस कंपनी की ऐसी स्थिति होने की बात नहीं थी। बाज़ार में व्यापक पैमाने पर दवाइयाँ थीं। अभी कहा जा रहा है कि देने के चलते बाज़ार बंद हो गया है। करोड़ों रुपया बाज़ार का बाक़ी है। कितना करोड़ पता नहीं।

कर्मचारी 1 : यह सब फ़ालतू बात है। बाज़ार में दवाइयाँ नहीं हैं? देश भर में कोई बीमार नहीं है। वह ख़ुद कंपनी बंद कर रहा है।

कर्मचारी नेता : समस्या है। विदेशी कंपनी का दबाव है, वे कंपनियाँ बाज़ार दखल करना चाहती हैं। विदेशी दवाओं से दुकानें भरी जा रहीं हैं। देशी दवाइयाँ मार खा रही हैं। हमारी कपंनी ने इसको समझने में काफ़ी वक़्त बरबाद किया है और अब प्रतिस्पर्धा नहीं कर पा रही है।

कर्मचारी 1 : यह सब वे लोग समझेंगे। हमारा जो बकाया है, वह देना ही होगा।

कर्मचारी नेता : वह तो देना ही होगा। लेकिन हमें समझना होगा कि कंपनी क्यों बंद हो रही है। चारों ओर कारख़ाने बंद हो रहे हैं। सब

कुछ बंद होने के कगार पर हैं। बाज़ार में संघर्ष चल रहा है, कोई कारख़ाना बंद करना चाहता है, तो कोई छँटनी कर रहा है, तो कोई नई मशीनें ख़रीद रहा है। एक मशीन एक सौ आदमी का काम करेगी। बड़ी कंपनी छोटी कंपनी को निगल रही है। कितने कारख़ाने बंद हुए हैं, कितने मज़दूरों की छँटनी हुई है? वैसे ही बेरोज़गारी है, ऊपर से कारख़ाना बंद हो रहे हैं। सभी बुज़ुर्ग बेकार हो रहे हैं। हमारी कंपनी की समस्या काफ़ी पुरानी है। पुरानी व्यवस्था नहीं चलेगी। काग़ज़ देखने से ही पता चलेगा कि आख़िर कारख़ाना क्यों बंद हो रहा है? किसकी ग़लती है? मज़दूर श्रम कर रहे हैं। कंपनी का सुनाम था, लेकिन अभी दिवाला निकल गया है। और हम मर रहे हैं। किसी भी कीमत पर कारख़ाने को बचाना है।

कर्मचारी 2 : यही हमारी बात है, हम भी यही चाहते हैं, कारख़ाना खोलना ही होगा।

कर्मचारी 1 : खोलना होगा, खोलना होगा—बोलने से तो नहीं होगा। आपकी इच्छा हो, तो कारख़ाना खुल जाएगा।

कर्मचारी 2 : इसलिए कह रहा हूँ? विचार-विमर्श करना होगा।

कर्मचारी 1 : किस मुद्दे पर विचार-विमर्श किया जाएगा।

कर्मचारी 2 : मालिक की रिपोर्ट पर बातचीत की जाएगी।

कर्मचारी 1 : वह क्या रिपोर्ट देगा? सारा दिन बैठा दिया है।

कर्मचारी 3 : विचार-विमर्श हो, लेकिन हड़ताल करने से क्या लाभ होगा?

कर्मचारी 1 : नहीं, जब तक कर्मचारियों को बकाया नहीं दिया जाएगा, तब तक हड़ताल चलेगी।

कर्मचारी 3 : ज़ोर-ज़बरदस्ती करना होगा?

कर्मचारी 1 : ज़ोर-ज़बरदस्ती का मतलब?

कर्मचारी 2 : उन लोगों की बात समझनी होगी।

कर्मचारी 1 : आपसे ज़्यादा समझता हूँ।

[शोर-शराबा बढ़ रहा है। झगड़ा होने लगता है। इसी बीच दो अधिकारी प्रवेश करते हैं।]

अफ़सर : माफ़ कीजिए, आज हम रिपोर्ट नहीं दे पा रहे हैं।

कर्मचारी 1 : समझ रहा था। दो महीने से यही सुन रहा था।

कर्मचारी 2 : तब, आने के लिए क्यों कहा?

अफ़सर : इसके लिए दुःखी हूँ। माफ़ कीजिए।

[दोनों अफ़सर चले जाते हैं। मज़दूर आपस में बातचीत करते हैं। कुछ मज़दूर निकल जाते हैं। तापस अकेला मंच पर है। एक अफ़सर मंच पर आता है।]

अफ़सर : तुम्हारा क्या नाम है?

तापस : हाँ।

अफ़सर : क्या तुम पी. के. राय के भतीजे हो?

तापस : हाँ।

अफ़सर : यह कंपनी कभी भी नहीं खुलेगी।

तापस : *(आश्चर्य से)* क्या कहा? क्या सच में नहीं खुलेगी।

अफ़सर : कभी भी नहीं। *(हँसते-हँसते)* कंपनी कहीं दूसरी जगह चली जाएगी।

तापस : मतलब?

अफ़सर : मतलब समझकर तुम्हें क्या लाभ मिलेगा? तुम सिर्फ़ काम करना?

तापस : कहाँ? क्या काम? कौन देगा?

अफ़सर : हम तुम्हें काम देंगे?

तापस : क्या काम देंगे?

अफ़सर : तुमसे बातचीत करना चाहता हूँ। क्या काम है, अभी मत पूछो। समय पर बोलूँगा। किसी दूसरे को मत बोलना।

तापस : समझ नहीं पा रहा हूँ।

अफ़सर : इतना जल्दी नहीं समझ पाओगे। *(एक कार्ड देता है।)* इस पते पर हमसे मिलना।

तीसरा दृश्य

[एक अत्याधुनिक कमरा। आमने-सामने दो कुर्सियाँ। तापस एक कुर्सी पर बैठा हुआ है। शराब पी रहा है। बीच में टेबल। टेबल के सामने कुर्सी ख़ाली है।]

तापस : *(सामने वाली कुर्सी की ओर संकेत करते हुए)* तापस, तुम तापस हो न? तुम देव प्रसाद राय के बेटे हो? क्या कर रहे हो तुम? *(चारों ओर देखते हुए)* तुम्हारे पिताजी स्कूल-मास्टर थे? जानते हो, उन्होंने कभी भी अन्याय नहीं किया? तुम अन्याय कर रहे हो? क्या तुम नहीं जानते हो—यह अन्याय है? क्या समझ नहीं पा रहे हो? जान-बूझकर अन्याय कर रहे हो? रुपये के लिए? सुख के लिए? क्या तुम अपराधी हो? परिवार के सुख के लिए अन्याय करोगे? सभी अच्छे लोग क्या सोचेंगे? अच्छा बनने के लिए अन्याय कर रहे हो? अपराध कर रहे हो? क्या तुम्हारे मन में यही था? रुपये का लोभ! लोभी! क्या समझा रहे हो? बदमाश!

[तापस सामने की कुर्सी पर बैठता है।]

तापस : क्या करूँ? क्या जीना अन्याय है? अच्छा बनना अन्याय है? पिताजी ने जो कुछ कहा, नहीं किया? ग़लत तरह से काम करना नहीं जानता हूँ? काम भी मिला—चला भी गया? भीख माँगूँगा—मर जाऊँगा?

[चारों ओर देखते हुए शराब पीता है।] चारों ओर अन्याय। कितने लोग पिताजी जैसे हैं? मास्टर साहब जैसे कितने हैं? चारों ओर अन्याय है, जीने के लिए हम यही कर रहे हैं। दुनिया में सभी सच्चे हैं और मैं झूठा? क्या मैंने कोशिश नहीं की?

[फिर दूसरी कुर्सी पर बैठता है।]

तापस : सच बताना। ख़ुद को सही-सही बताओ। क्यों पीछे हट गए? क्यों प्रयास छोड़ दिए? फिर सोचो ठीक कर रहे हो या नहीं? जो कर रहे हो, वही अंतिम बात है? अच्छी तरह सोचो। पिताजी मरे नहीं हैं। मास्टर साहब मरे नहीं हैं। क्या देख

रहे हो। जीना ही बड़ी बात है। तुम्हारा क्या परिचय है? तुम्हारे पास रुपया है या नहीं? तुम पार्टी करते हो या नहीं? तुम्हारी सच्चाई कहाँ है? तुम्हारी आज़ादी कहाँ है? आत्मसम्मान? तुम क्या मनुष्य हो?

[फिर पहली कुर्सी पर]

तापस : ओह! मैंने सब कुछ सोच लिया। सोचा...सोचा...सोचा। मनुष्य धरती पर एक बार ही जन्म लेता है। मनुष्य की तरह जीने के लिए रुपया चाहिए, रुपया। किसको कितने रुपये की ज़रूरत है, ले जाओ। पिताजी मर गए—रुपये, रुपये करते हुए। माँ भी मर गई। मास्टर साहब मर गए। काका, तुम रुपया दो? ले जाओ मेरे पास से। कितना चाहिए। *(मुस्की देता है)* मुझको देखकर कौन कहेगा, मेरे पास इतना रुपया है। सभी बदमाशों को अपने घर का नौकर बना लूँगा। सभी को। जिसने मुझे अपमानित किया है। बेच सकता हूँ। सबको चिड़ियाख़ाना में बंद कर दूँगा। *(शराब पीता है।)* सीमा अभी कहाँ है—कौन जाने? रुपया के लिए। रुपया के लिए। अच्छा हुआ। मैं सब कुछ भूल गया। सब भूल जाऊँगा। मैं और कुछ नहीं समझ सकता हूँ।

[कुर्सी को गिरा देता है। तापस की पत्नी, छोटी बेटी आती है। टेप बजाती है।]

छोटी बेटी : *(दस वर्ष। शैली नाम है।)* पिताजी आप चुप हैं। देखो—मैं नाचती हूँ। *(नाचती है।)* पिताजी आप नाचना जानते हैं?

तापस : जानता हूँ। देखो—मेरा नाच। *(नाचना शुरू करता है, गिर जाता है।)*

तापस की पत्नी : तुमने अधिक पी ली है। क्या करते हो? अकेले पी रहे थे। आज कोई काम नहीं है?

तापस : कहाँ जाऊँ।

[बड़ी बेटी नैली। 23 वर्ष उम्र। असीम को लेकर आती है। असीम पैंट-शर्ट पहने हुए है।]

नैली : पिताजी, यह असीम है।

तापस : बैठो-बैठो। बहुत दिनों के बाद आए हो।

तापस की पत्नी : कब आए?

नैली : सुबह से गाड़ी पर घूम रही थी। कहाँ-कहाँ गई–कुछ पता नहीं। थक गई–वापस आ गई।

तापस की पत्नी : तुम लोग कुछ खाओगे?

असीम : ठंडा।

तापस : क्या तुम विदेश जा रहे हो?

असीम : अभी तय नहीं हुआ है। दो ऑफ़र हैं।

तापस : देर मत करो। निर्णय जल्दी लो। इस देश में अधिक आगे नहीं बढ़ सकते हो। यहाँ कोई भविष्य नहीं है।

नैली : पिताजी उसे समझाओ। क्या बोल रहे हो। क्या 'ब्रेन-ड्रेन'।

तापस : बोगस। यदि कैरियर बनाना चाहते हो, तो विदेश जाना ही होगा। वहाँ काफ़ी अवसर है। क्या तुम उसे विदेश जाने से रोक रही हो? दोनों चले जाओ। यदि वापस आना चाहती हो, तो वापस आ जाना। नहीं तो वहीं रह जाना।

नैली : नहीं पिताजी, दो वर्ष बीत जाए। दुनिया सिमट गई है। फ़ोन-फ़ैक्स हो गया है–रोज़ बातचीत होगी।

तापस : ठीक है। *(तापस की पत्नी कुछ खाना लाती है।)* मेरी पृष्ठभूमि ही कुछ गज़ब है। मुझे अवसर ही नहीं मिला। मुझे ख़ुद सब कुछ करना पड़ा है। इसलिए मैं यह नहीं चाहता हूँ कि कोई अपना कैरियर बर्बाद कर ले। मैं चाहता हूँ कि तुम एक कुशल इंजीनियर बनो। उसको सुख-शांति से रखना होगा। *(नौकर आता है। एक आदमी एक बच्चे को लेकर आना चाहता है।)*

तापस : नहीं...नहीं। किसी को मत आने दो। बातचीत कर रहा हूँ। देख नहीं रहे हो। बोलो चले जाने को। *(नौकर बाहर जाता है, फिर भीतर आता है।)*

नौकर : बोल रहा है, आपका दोस्त है? ज़ोर-ज़बर्दस्ती घुसना चाहता है।

तापस : कौन है? कौन मेरा दोस्त है? आने के लिए कहो।

[बचपन का साथी। साथ में 22-23 वर्ष का एक लड़का है। दोनों की पोशाक साधारण है।]

जगदीश : नमस्कार। पहचान रहे हो।

तापस : नहीं। कौन हैं—कौन।

जगदीश : मैं जगदीश सरकार हूँ। पहचाने। हम दोनों इलाके में रहते थे। अगल-बगल में मकान था। एक स्कूल में पढ़ते थे। याद आ रहा है।

तापस : हाँ...हाँ। याद आ रहा है। क्या चाहते हो?

[तापस की पत्नी दोनों बेटी और असीम को बुलाकर ले जाती है।]

तापस : तुम अद्भुत हो, ज़ोर-ज़बर्दस्ती घर में घुस आए।

जगदीश : मैं जा रहा हूँ। बुरा मत मानना।

तापस : नहीं, जब आ ही गए हो, तो बताओ। यह लड़का कौन है?

जगदीश : मेरा बेटा है—सुबोध। मैं एक दिन आकर तुमसे मिलूँगा। कहो, तो मैं तुम्हारे घर आऊँगा।

तापस : बोलो? क्या चाहते हो?

जगदीश : लड़के को एक नौकरी दो न। तुम्हारी कंपनी में तो बहुत लोग...

तापस : शर्म नहीं आ रही है। भीख माँगते हो। भीख माँगने में लज्जा नहीं आती है। मेरी कंपनी में नौकरी चाहने से मिल सकती है? लेकिन मुझे घृणा आती है। नहीं होगी नौकरी। चले जाओ। *(जगदीश और सुबोध उठते हैं।)*

जगदीश : चल रहा हूँ। सोचा था—दोस्त के पास जा रहा हूँ। लेकिन ग़लती हो गयी।

तापस : रुको। अरे नौकर—मेरा बैग ले आओ। *(जगदीश और सुबोध खड़े हैं।)*

तापस : लो। रुपया ले लो। कितना रुपया चाहिए। दस हज़ार, बीस हज़ार। सूटकेस सामने रख देता है। मैं संपत्ति से घृणा करता हूँ। नौकरी के लिए मत कहना। जितना रुपया चाहिए—ले लो। और माँगना—और दूँगा। फिर आकर रुपया ले जाना। नहीं—मत आना। जितना चाहिए आज ही ले जाओ। और मेरे पास में कभी भी मत आना। जो लेना है, आज ही ले जाओ।

जगदीश : इस तरह मैं तुमसे पैसा नहीं लेने आया हूँ।

तापस : तो किसलिए आए हो।

जगदीश : रहने दो। आज जाने दो।

तापस : क्यों आए थे?

जगदीश : बेटे के वास्ते एक नौकरी के लिए।

तापस : रुको थोड़ा।

जगदीश : नहीं, जा रहा हूँ।

तापस : *(विनती करने लगा)* चुप रहो। चुप रहो। जो बोल रहा हूँ, सुनो। इसी कुर्सी पर बैठो। कुर्सी पर। कैसे पहचाने? ठीक से पहचान रहे हो? दोस्त। दोस्त जैसा व्यवहार कर रहा हूँ। मुझे क्षमा करो। *(जगदीश के पैर पकड़ने लगता है। वह अपने बेटे को लेकर निकल पड़ता है।)*

तापस : चला गया। भागो नहीं—पहचानता हूँ। दोस्त—अभागे कहीं के।

[नैली-शैली, असीम और तापस की पत्नी का प्रवेश]

तापस : शैली टेप बजाओ। शराब दो—असीम तुम भी पीओ।

पत्नी : तुम अधिक पी रहे हो।

तापस : डोंट डिस्टर्ब मी, शैली। *(छोटी बेटी से)* तुम नाचो *(छोटी बेटी नाच रही है, तापस शराब पी रहा है।)* *(बड़ी बेटी से)* तुम भी नाचो। असीम तुम भी नाचो।

नैली : असीम नाच नहीं सकता है।

तापस : नहीं, नहीं नाचेगा। असीम नाचो *(पत्नी से)* तुम भी नाचो। नहीं नाच पाओगी। नाचो—नाचो—*(ज़ोर ज़बर्दस्ती पत्नी को नाचने के लिए विवश करता है।)* आज ख़ुशी का दिन है। आज सबसे अधिक ख़ुशी है। आज दोनों की शादी तय कर दूँगा। आई मीन—'इंगजेमेंट डे'। मेरी बात सुन रही हो। नैली-असीम इधर आओ। दिसम्बर के पहले सोमवार को। 4 दिसंबर को पार्टी होगी। तय। सब राजी हो। *(सब 'हाँ' कहते हैं, असीम हँसता है, तापस भी हँसता है। पर्दा गिरता है।)*

चौथा दृश्य

[मंच दो भागों में बाँटा गया है। पहले भाग में विवाह का दृश्य और दूसरे भाग में दफ़्तर का दृश्य।]

तापस : आओ, आओ सुधीर, लिली। तुम बहुत दिनों के बाद इस घर में आए हो। आओ सरकार। मिसेज सरकार कैसी हैं? आज बहुत ख़ुशी का दिन है। चटर्जी हम सब को लेकर फ़ोटो खींचो। ठीक से खींचो। *(असीम और नैली का प्रवेश)* सबकी फ़ोटो खींचो।

चटर्जी : खींच रहा हूँ।

[फ़ोन की घंटी। तापस जाकर फ़ोन पकड़ता है। चुपचाप सुनता है। भीड़ में बातें हो रही हैं।]

तापस की पत्नी : कोल्ड ड्रिंक्स। कोक। जो ह्विस्की पीना चाहते हैं, वे उस टेबल पर जाएँ।

[सब अपनी-अपनी इच्छानुसार ड्रिंक्स ले रहे हैं। बातचीत चल रही है। नैली असीम का परिचय सबसे करा रही है।]

तापस : *(पत्नी से)* मैं जा रहा हूँ। थोड़ा काम है।

पत्नी : कहाँ?

तापस : दफ़्तर जाना होगा।

नैली : नहीं, पिताजी क्या कह रहे हैं। आप मत जाइए। पार्टी का मज़ा किरकिरा हो जाएगा।

तापस : जाना ही होगा। चटर्जी आओ।

नैली : नहीं, मत जाओ।

[तापस नैली का सिर सहलाते हुए निकलता है। पार्टी चल रही है।]

सरकार : तुम जापान का भक्त हो गए हो।

बोस : जापान आगे बढ़ रहा है। अमेरिका को चकमा दे रहा है। यूरोप भी समझेगा। जापान-जापान छोड़ो, कोई रास्ता नहीं है।

सरकार : अमेरिका उसे छोड़ देगा? अमेरिका उसे सिखा देगा।

बोस : इसी को कहा जाता है—गुरु-गुड़ चेला चीनी।

सरकार : अमेरिका छोड़ेगा नहीं। यूरोप को भी नहीं। ब्रिटिश की स्थिति

ख़राब है। जर्मन भी आगे बढ़ रहा है। यूरोप दुनिया पर शासन चला रहा है। यूरोप इज़ यूरोप।

बोस : अब वो दिन नहीं रहे। कंप्यूटर—ऑटोमोबाइल यूरोप को सिखा रहा है—जापान।

सरकार : अधिक दिन नहीं चलेगा।

संपादक : आप जर्मन की बात न करें। जर्मन कम्युनिस्ट स्टेट को भी नेस्तनाबूद कर रहा है। एक ओर लोगों को खाना मिलता है, दूसरी ओर लोग भूखे मर रहे हैं। जर्मनी गया था। वहाँ काफ़ी तनाव है। उसे आगे बढ़ने में बहुत समय लगेगा। यूनिफिकेंस की बात दब गई है।

[एक युवक एक महिला से बात कर रहा है।]

महिला : तुम देख रहे हो, उन लोगों को बचाने की कोशिश की जा रही हैं। तुम बोलो कोई कुछ नहीं कहता है? कितने पेड़ काटे जा रहे हैं। कौन रोकेगा? सब समाप्त हो जायेगा? *(रोने लगती है।)*

युवक : हाँ, बड़ी समस्या हैं आप मत रोइये। संकट तो बढ़ेगा ही। समझ नहीं पा रहा है। कितने ऑर्गेनाइजेशनों का जन्म हुआ हैं, कितने इंटरनेशनल ऑर्गेनाइजेशन बने हैं। लेकिन, क्या?

संपादक : अफ़्रीका में अकाल पड़ा हैं और इधर वायलैंस। एक दूसरे को मार देना चाहते हैं। 21वीं सदी में लोग क्या खायेंगे? ड्रग्स-एड्स, आतंकवाद, उग्रवाद—क्या यही लोगों की श्रेष्ठतम सृष्टि है? लोगों का सिर तो आकाश की ओर है, लेकिन कमर तक कीचड़ है। (कई लोग हँसने लगते हैं। बड़ी बेटी फ़ोन की ओर जाती है।)

नैली : पिताजी देरी हो रही हैं बंद करो मीटिंग। तुरंत आना होगा।

[मंच के दूसरे हिस्से में रोशनी फैलती है, कई लोग दिखते हैं, तापस भी दिखता हैं। फ़ोन पर बातचीत होने के बाद रोशनी बुझ जाती है।]

संपादक : मैं किसी भी राजनीतिक पार्टी का समर्थन नहीं करता हूँ। देश की सारी समस्याओं से अवगत हूँ। मैं दूसरों की तरह उन समस्याओं को नहीं सुन सकता हूँ, क्योंकि मेरे पास सारी

इन्फोर्मेशन है।

अध्यापक : देश की समस्या क्या है?

संपादक : मतलब?

अध्यापक : समस्या क्या है? बताइए न।

संपादक : समस्या है—बैकवर्डनेस। बैलगाड़ी की रफ़्तार से देश चल रहा है। यह ग्लोबल इकॉनोमी का ज़माना है। हमारे पास टेक्नोलॉजी नहीं है, शिक्षा नहीं है। हम बैलगाड़ी की गति से चल रहे हैं।

अध्यापक : देश में कितने लोग हैं?

संपादक : बहुत। बहुत अधिक।

अध्यापक : कितने हैं। कहिए न। नब्बे करोड़ से ऊपर है। देश की जनता को देखे हैं? गाँव देखे हैं?

संपादक : नहीं देखा है। क्या होगा देखकर? नहीं देखने से क्या समझा नहीं जा सकता है?

अध्यापक : यदि देश को नहीं देखेंगे, तो क्या समझेंगे देश के बारे में?

बोस : आप अद्‌भुत बोल रहे हैं? गाँव-गाँव जाकर देखना होगा? सब गाँधी बन जाएँ? हमें इंडस्ट्री चाहिए। मॉडर्न इंडस्ट्री। टेक्नोलॉजी चाहिए। क्या आप जानते हैं, दुनिया में रिवोल्यूशन हो रहा है। इलोक्ट्रॉनिक्स, बायो टेक्नोलॉजी, जानते हैं—कंप्यूटर क्या कर रहा है? रोवार्ट क्या कर रहा है?

अध्यापक : कुछ कुछ समझता हूँ। मैं कंप्यूटर पढ़ाता हूँ।

बोस : आप मास्टरी करते हैं, लेकिन नन-प्रोडक्टीन।

सरकार : असली बात छूट गई। इस जनसंख्या को लेकर कुछ नहीं किया जा सकता है। आदमी की भीड़ में आदमी मर रहा है। यदि इसे नहीं रोका जाता है, तो इंडस्ट्री-फिंडस्ट्री से कुछ नहीं होगा।

संपादक : ठीक। इस असभ्यता को बंद करना होगा। यूरोप को देखिए। स्काउडियान कंट्री जाइए न—आदमी ही नहीं मिलेगा।

[तापस की पत्नी बड़ी बेटी नैली से बातचीत कर रही है।]

महिला : मैं अपनी बहन की बेटी से परिचय करा दूँगी। काफ़ी सुन्दर है। मॉडर्न। ख़ुद एक मैगज़ीन एडिट करती है। वीमेंस मैगज़ीन। वह लड़की चूड़ी-सिन्दूर की घोर विरोधी है।

युवा : नारी-स्वाधीनता।

संपादक : मैं जानता हूँ, वह मैगज़ीन काफ़ी कंट्रोवर्सियल मैगज़ीन है। वह फ्री-सैक्स का प्रचार करती है।

महिला : हाँ, करती है। आपका अख़बार भी तो करता है।

संपादक : मैं आपत्ति थोड़े ही कर रहा हूँ। इस देश में तो इस पर चर्चा होनी ही चाहिए।

अध्यापक : आपके अख़बार को पढ़ना मुश्किल है। पढ़ना शुरू करता हूँ तो पता ही नहीं चलता है कि कहाँ जाकर ख़त्म होगा—पता नहीं।

महिला : *(अध्यापक से)* आजकल तुम आते भी नहीं हो, फ़ोन भी नहीं करते हो।

अध्यापक : रुपये की ज़रूरत होने से आऊँगा। आपके पास आने से चंदा मिलेगा। आप कभी ख़ाली हाथ वापस नहीं आने देती हैं।

महिला : तुम आजकल लिख रहे हो?

अध्यापक : हाँ, लिखता हूँ। परिवेश पर लिखा है। आपको देखने के लिए दूँगा।

संपादक : आप कहाँ लिखते हैं?

अध्यापक : दो-दो साइंस मैगज़ीनों में।

संपादक : रुपया मिलता है?

अध्यापक : नहीं। इसलिए उनसे बीच-बीच में चंदा लेता हूँ। चंदा लेकर मैगज़ीन चलाता हूँ।

संपादक : बिना पैसे लिए लिखते हैं?

अध्यापक : लिखना होगा—इसलिए कुछ रुपया चाहिए। और रुपया चाहिए इसलिए कुछ लिखना है—मैं पहले दल का हूँ। यह बात किसकी है—कहिए तो।

संपादक : किसी की होगी? लेकिन किसी बड़े व्यक्ति की नहीं है।

[अध्यापक हँसते हुए दूसरी ओर चला जाता हैं]

महिला : तुम जानते हो—मेरे पास तीन बिल्ली हैं। तीनों बदमाश हैं। जब तक मैं नहीं खिलाती हूँ, तब तक वह खाती नहीं हैं।

युवक : क्या आप खाएँगी नहीं?

महिला : मैं मांस नहीं खाती हूँ। मछली भी नहीं खाती हूँ। कभी नहीं

खायी हूँ।

युवक : क्यों?

महिला : कैसा लगता है—नहीं कह सकती हूँ। *(शराब पीती है।)*

[नैली अपने पिताजी को फ़ोन करती है। मंच के दूसरे छोर पर रोशनी फैलती है।]

नैली : पिताजी अभी तक नहीं आए। पार्टी ख़त्म हो जाएगी। असीम क्या सोचेगा। मेरी प्रतिष्ठा बचाना नहीं चाहते हैं।

संपादक : आप लेफ्टिस्ट हैं। आपसे बात करने से घिन आती हैं। आपने दुनिया को डुबो दिया। देश को भी बर्बाद कर रहे हैं। आपकी इच्छानुसार दुनिया नहीं चलेगी। अपना आइडियोलॉजी फेंक दो।

अध्यापक : आप नहीं जानते हैं। मैंने पूरे देश को देखा है। आप देश को अच्छी तरह नहीं जानते हैं। लोग खा नहीं पाते हैं। पढ़ नहीं पाते हैं। जूता नहीं पहन सकते हैं। देश का नागरिक नहीं है, क्या उसका देश नहीं है। आप ठीक कीजिए।

[बैरा प्लेट गिरा देता है। तापस की पत्नी चिल्लाने लगती है।]

बोस : जापानी ने समुद्र के नीचे खाने वाली चीज़ों को खोजना शुरू कर दिया है। समुद्र के नीचे काफ़ी प्रोटीन है।

सरकार : सबसे बड़ी समस्या ज़मीन की है। कोई जमीन नष्ट नहीं करना चाहता है। कपास चल नहीं रहा है—सिंथेटिक का क्या होगा। यह पेट्रोकैमिकल्स का युग है। खेती-बाड़ी अब नहीं चलेगी।

महिला : चलेगी। हरी सब्ज़ी छोड़कर और कुछ नहीं खाना चाहिए। तुम कहो?

संपादक : फूड हैबिट बदलना होगा। पोपुलेशन रेट कम करना होगा। दोनों में अंतःसंबंध है।

अध्यापक : आप अभी बताने की स्थिति में नहीं हैं। किसी दूसरे दिन बता दीजिएगा।

सरकार : आप यूरोप गए हैं?

अध्यापक : हाँ। कई बार। लेकिन आपकी आँखों की तरह मेरी आँखें नहीं हैं। पूरा यूरोप बदल रहा है। इतनी संपत्ति है, फिर भी परेशानी। शरणार्थी और मज़दूर असंतुष्ट हैं। उस ओर के लोग

इधर आते हैं और इस ओर के लोग उधर भागते हैं। काले लोगों से घृणा की जाती है। लिबरलिज्म समाप्त। दक्षिणपंथी शक्तियाँ बढ़ रही हैं। स्कीम देख रहे हैं। मैं देख रहा हूँ। नात्सी दल पूरे यूरोप में भर गया है।

संपादक : आप लेफ्टिस्ट....

अध्यापक : क्यों? यूरोप में आपके जैसा नहीं दिखा?

[युवक असीम से बात करता है।]

सरकार : नहीं, आप इस देश की बात कर रहे हैं। मैं अभी अमेरिका में हूँ—लॉस एंजेल्स में—वहाँ दंगा हुआ। भयानक स्थिति हो गई। मैं न्यूयॉर्क चला आया। क्या अमेरिका दंगों का देश है।

संपादक : आपके माथे से अभी तक सोवियत नहीं गया है। इलूजन का शिकार हो गए हैं।

महिला : क्यों दंगा हो रहा है? आपका अख़बार क्यों लिख रहा है? सिर्फ़ अयोध्या, दंगा—राम-रावण।

संपादक : समाचार देना मेरा काम है।

महिला : अख़बार पढ़ने से डर लगने लगा है।

संपादक : हम सच लिखते हैं। लिखना पड़ता है।

अध्यापक : सत्य क्या है?

संपादक : रुको। तुम लेफ्टिस्ट हो।

बोस : संतुष्टिकरण भी ठीक नहीं है। पाकिस्तान-बंगलादेश में क्या हो रहा है।

सरकार : यह सब ठीक नहीं हैं। यदि देश में यह सब शुरू होता है, तो देश की प्रगति रुक जाएगी।

अध्यापक : आपने सही कहा है।

बोस : मैं मुस्लिम संतुष्टिकरण का विरोधी हूँ।

महिला : मुसलमान क्या अन्याय करता है? वह गाय खाता है।

अध्यापक : हम बकरी खाते हैं। *(सब हँसते हैं।)*

महिला : नहीं, मैं नहीं खाती हूँ। कभी नहीं खाई है।

सरकार : शक, हूण, पठान, मुग़ल सब एक ही तो हैं। यही हमारा संविधान है।

महिला : *(युवक से)* तुम नहीं बोल रहे हो। असीम तुम इधर आओ। आओ...

बोस : आप सर्वहारा के भक्त हैं। इंडस्ट्रियलिस्टों को भी हिस्सा मिलना चाहिए।

अध्यापक : देख रहा हूँ। फिलिपाइंस थाईलैंड में तो देख रहा हूँ। लड़कियाँ बिकती हैं। विदेशी ख़रीदते हैं।

महिला : यहाँ भी वही होगा। असीम तुम बैंकॉक गए हो?

असीम : नहीं।

महिला : मैं गयी हूँ। ग्रीन है। फोटो जैसा–समुद्र के नीचे बहुत अच्छा। आने की इच्छा नहीं होती है।

युवक : *(रवीन्द्रनाथ की पंक्ति गाता है)* 'दाउ फिरे से अरण्य'।

महिला : बोलो, फिर बोलो। रवीन्द्रनाथ मेरी जान है।

बोस : तुम अगले हफ़्ते आना।

सरकार : नहीं, जाना होगा।

अध्यापक : आपके साथ मेरी बहस होगी।

संपादक : इच्छा नहीं है।

नैली : शैली, शैली बहुत क्रोध आ रहा है। तुम नाचो–टेप चलाती हूँ।

[मंच के दूसरे हिस्से में रोशनी फैलती है।]

आदमी 1 : समाप्त कीजिए। समाप्त कीजिए। अब बातचीत नहीं होगी। आप जो कर रहे है, वह षड्यंत्र है। आप एक क्रिमिनल हैं। *(तापस से)* पुलिस को ख़बर मिल गई है।

महिला 2 : मैं चल रही हूँ–बाइ। चली जाती है।

आदमी 1 : आप इसके लिए दोषी हैं। आपने मुझसे झूठ कहा है। अब मुझे रोक नहीं सकते हैं।

तापस : क्या कहूँ? कुछ कहना नहीं है।

आदमी 1 : कहना होगा। जवाब देना होगा। समय नहीं है।

आदमी 2 : अधिक बोलने से क्या लाभ होगा। चलें, हम लोग चलें।

तापस : मुझे कुछ कहना नहीं है। आप लोग जाएँ।

आदमी 2 : बोलना होगा। आपको बोलना ही होगा। आपकी सच्चाई सब को कह दूँगा। यह काग़ज़ मेरे हाथ में है। आपके अपराध

का दस्तावेज़ मेरे पास है। आप जन्मजात क्रिमिनल हैं।

तापस : *(चिल्लाता है।)* चुप—गोली मार दूँगा—चुप। निकलो सब। भागो। *(शांति से)* मैं दोषी हूँ। आप लोगों में से कोई दोषी नहीं है। भागो। *(तापस से दो लोग हाथ मिलाकर चले जाते हैं। तापस अकेला है।)*

चटर्जी : तुम भी जाओ।

[मंच के पिछले हिस्से में गीत गाया जाता है। 'ऐसे ही दिन बीते।' नैली फ़ोन करती है। मंच के दूसरे हिस्से पर रोशनी फैलती है। टेलीफ़ोन की घंटी बजती है। तापस फ़ोन नहीं उठाता है। टेबल पर लाल रोशनी गहराती है। तापस खिड़की की ओर जाता है। एक आवाज़ सुनाई देती है। मंच के पहले हिस्से में नाच-गान चल रहा है। एम्बुलेंस आने की आवाज़ आती है। इस आवाज़ के बंद होने के साथ-साथ नाच-गान बंद हो जाता है। नैली फ़ोन पकड़े हुए है। मंच पर अँधेरा हो जाता है। पर्दा गिरता है।]

विजय की प्रतीक्षा

पात्र

हरि सिंह	:	कांग्रेस से संबद्ध यूनियन का मज़दूर नेता
सत्तो	:	कारख़ाने में स्टोर-कीपर
राधा	:	सत्तो की पत्नी
मि. सेन	:	कारख़ाने के मालिक
बैकुंठ बाबू	:	कारख़ाने के बुज़ुर्ग कर्मचारी
दादा	:	अविवाहित मज़दूर
मंजू	:	दादा की बहन
भोला	:	मंजू का प्रेमी
लक्खन *बद्रीनाथ*	:	मज़दूर नेता
डॉ. बनर्जी *डॉ. बरुआ*	:	डॉक्टर
इस्माइल	:	मज़दूर

पहला दृश्य

[दवा-कारख़ाने में साइरन बजता है। शोरगुल में मज़दूरों की बातचीत सुनाई दे रही है। पर्दा उठने पर दिखता है–6-7 कुर्सियाँ रखी हुई हैं। कई मज़दूर नेता बैठे हुए हैं। वे सभी यूनियन के पदाधिकारी हैं। उनके सामने कई मज़दूर बैठे हुए हैं। सामने मंच ख़ाली है। ख़ाकी पोशाक में दरबान खड़ा है। एक छोटा बच्चा उन लोगों के बीच चाय बाँट रहा है। एक मोटा-तगड़ा मज़दूर नेता कुर्सी से उठता है और सामने बढ़ता है।]

हरि सिंह : ओऽऽ! ओ! ऽऽ शोरगुल बंद करो। क्या कह रहे हो। इतना क्यों बोलते हो तुम लोग, शोरगुल बंद करो। सब एक साथ बोलने लगे हैं। *(मज़दूरों की बातचीत बंद हो जाती है।)* तुम लोग कुछ भी नहीं समझते हो। मैं तुम लोगों को बता देता हूँ–ग़लती कर रहे हो–एकदम ग़लती कर रहे हो। अख़बार पढ़ते हो तो। सही क्या है समझो। अपने आस-पास क्या देख रहे हो। कैसी स्थितियाँ हैं? देख नहीं रहे हो–चटकल में क्या हो रहा है। सबको पालतू बना दिया है। क्या करेंगी–इंजीनियरिंग! धागा कंपनियाँ! टेलीफ़ोन कंपनियों ने बाघ की तरह लड़ना शुरू किया था–दो दिनों में ही बिल्ली बना दिए गए। कोई कुछ भी नहीं सुना। चारों ओर कारख़ाने बंद होते जा रहे हैं–समय बहुत ख़राब है। हमें दुनिया के हालात को समझना पड़ेगा। सरकार नई नीतियाँ अपना रही है–समय लगना स्वाभाविक है। यह बात मज़दूरों को भी समझनी होगी। दुनिया के सभी देशों में संघर्ष करना होगा तथा कारख़ानों को भी

बचाना होगा। उत्पादन बढ़ाना होगा। हड़ताल करने से सबको क्षति होगी। सबसे अधिक हम लोगों की ही क्षति है। देश की ही क्षति है। पुराने रास्ते पर चलने से नहीं होगा। देश के प्रधानमंत्री हमारे लिए सोच रहे हैं। वे धैर्यवान् हैं। समझ-बूझकर काम करते हैं। और वित्तमंत्री—जैसे बुद्धिमान लोग तो हमारे देश में और हैं ही नहीं। देश आगे बढ़ रहा है। समय लगेगा। वे दिन-रात काम कर रहे हैं—

आवाज़ : किसके लिए काम कर रहे हैं—

हरि सिंह : क्या कहा? किसके लिए? हम लोगों के लिए, देश के लिए। हम लोगों के लिए काम हो रहा है। यदि नहीं होता, तो क्या राष्ट्र आगे बढ़ सकता था? इतनी समस्याएँ हैं—पहल की गई है—नई नीतियाँ बनाई गई हैं—देख नहीं रहे हो—

आवाज़ : भुलावा दे रहे हो। *(मज़दूर ठहाके लगाते हैं।)*

हरि सिंह : क्या कहा? क्या कहा? सामने तो आओ, ज़रा मैं जानता हूँ। लाल पार्टी की यूनियन क्या बारह बजाएगी। हमने कहा है—अभी हड़ताल करने का वक़्त नहीं है—उन लोगों की दूसरी इच्छा है—अलग से मीटिंगें हुई हैं। हम सब कुछ जानते हैं। लेकिन वे देश की चिंता नहीं करते हैं। हड़ताल करेंगे। हम हड़ताल नहीं होने देंगे। वे आम लोगों को ग़लत समझा रहे हैं। भड़काते हैं। सबको बता रहे हैं—उन पर विश्वास मत करो। लड़ाई-झगड़ा शुरू करवा के भाग जाते हैं। इतना कुछ हो गया, फिर भी उन्हें शिक्षा नहीं मिली है। रूस की ओर देखो। सब चौपट हो चुके हैं। सब भीख माँग रहे हैं। क्या हुआ—लाल झंडा? इस देश में ये सब नहीं होने देंगे। वे ईश्वर को नहीं मानते हैं—देश का विकास क्या करेंगे? माँ-बहन-बाल-बच्चा सब बेच देंगे—

आवाज़ : ठीक है...ठीक है। विजय कहाँ है? विजय को बुलाएँ—

हरि सिंह : मालूम नहीं। विजय कहाँ है—मुझे क्या मालूम? विजय नहीं आएगा। हमें ही फ़ैसले लेने होंगे।

पहली आवाज़ : विजय को बुलाओ।

दूसरी आवाज़ : विजय को बुलाकर लाओ।

तीसरी आवाज़ : विजय की बात सुनी जाएगी।

हरि सिंह : *(चिल्लाता है)* रुको। विजय कहाँ है मुझे क्या मालूम? तुम लोग ही तो विजय को लीडर बनाए हो। कहाँ बैठा है या भाग गया। तुम लोगों का लीडर वह है, और जवाब मैं दूँ? मुझे नहीं मालूम। क्यों? यहाँ और कोई नहीं है? कमेटी के बहुत सारे लोग हैं। भजनलाल, गुलाब बाबू, शर्मा जी, कन्हाई बाबू, वाजपेयी, हाबुलदास, जीतेन ये सभी उसकी बात सुनते हैं। वे यूनियन के लीडर हैं। वे क्या घास छील रहे हैं। आप लोग कहें। मैं अपनी बात बता रहा हूँ। वे यूनियन के लीडर हैं—वे बोलें।

आवाज़ : हाँ...हाँ बोलें। आप सभी बोलें। कमेटी का कोई भी नेता बोलना नहीं चाहता है। मज़दूर 'बोलने' की माँग कर रहे हैं।
[हरि सिंह मज़दूरों को शांत रहने को कहता है। भीड़ के बीच से सत्तो मंच की ओर आगे बढ़ता है।]

हरि सिंह : तुम लाल पार्टी? क्या बोलना चाहता है—
[भीड़ में झमेला होता है। 'उसकी बात सुनकर क्या होगा?' 'बोलने दो, बोलने दो।' 'विजय कहाँ है?' इत्यादि]

सत्तो : आप लोग मुझे पहचानते हैं। मैं पार्टी नहीं करता हूँ। लाल-नीली कोई भी पार्टी नहीं करता हूँ, कुछ भी नहीं करता हूँ। मैंने कभी भी पार्टी नहीं की है। मैं स्टोर में काम करता हूँ। जब काम मिलता है, तब काम करता हूँ। स्टोर के सभी मज़दूरों की यही स्थिति है। रोज़ कारख़ाना आता हूँ, दो-तीन महीने से आ रहा हूँ—लेकिन कोई काम नहीं है। रोज़ घर वापस चला जाता हूँ। कितना दिन चलेगा? क्या इस तरह चलता है? आप ही बताएँ। रोज़ सोचता हूँ—घर जाकर क्या जवाब दूँगा? रोज़ यही कहता हूँ कि होगा-होगा। यूनियन कह रही है—होगा। मैं भी बोलता हूँ—होगा। लेकिन परिवार नहीं चलता है। घर में पत्नी है, बेटे-बेटी हैं—उनको ज़िंदा रखने का क्या उपाय करूँ।

आवाज़ : रुको...रुको। तुम्हारी बात सुनकर क्या होगा। विजय को बुलाओ।

हरि सिंह : लगता है कि विजय भाग गया है। शायद—ये सब देखकर—

सत्तो : नहीं! *(चेहरे पर तनाव नजर आता है)* विजय भगोड़ा नहीं है। हम उन्हें पहचानते हैं। शायद गाड़ी नहीं पकड़ पाए हों। जाम में भी फँस सकते हैं। वे सभी मीटिंग में आते रहे हैं। किसी दिन इस तरह नहीं हुआ है। जब तक विजय बाबू नहीं आते हैं। तब तक मेरी बातें सुनो। अच्छी तरह जानता हूँ कि मेरी बात आप भी मानेंगे।

दूसरा दृश्य

[मंच पर अँधेरा होता है। सामने थोड़ी-सी रोशनी है। अँधेरे में कुछ लोग आते हैं। हरि सिंह की सिगरेट के धुएँ से रोशनी आती है।]

सत्तो : हाँ, हाँ, सूटकेस कहाँ हैं? सूटकेस कहाँ है?

राधा : *(अन्यमनस्कता से)* ले गया है—मकान मालिक ले गया है।

सत्तो : ले गया यानी?

राधा : देख तो रहे हो—ले गया है।

सत्तो : बाप का राज़ है क्या? ले गया।

राधा : मुझे आँख मत दिखलाओ। हमें भी मकान से भगा देगा—एक महीने से कह रही हूँ भाड़ा दे दूँगी—रोज़ झूठ बोल रही हूँ।

सत्तो : मज़ाक है क्या। इसकी हिम्मत तो देखो। पूरा बकाया चुका दूँगा। कल ही चुका दूँगा। सब कुछ ले आऊँगा। देख लूँगा—मकान वाले को। सूटकेस ले गया है—देखते हैं।

राधा : फिर झूठ।

सत्तो : ग़ुस्सा मत खाओ। *(हाथ पकड़ता है।)*

राधा : छोड़ो। बहाना मत बनाओ, झूठा कहीं का।

सत्तो : घर ख़ाली करने की इच्छा नहीं होती है। विश्वास करो—

राधा : क्या विश्वास करूँ? तुम पर, तुम्हारी वजह से अपमानित हो रही हूँ। गाली खा रही हूँ।

सत्तो : फिर शुरू किया?

राधा : किसने शुरू किया?

सत्तो : तुम चिल्ला रही हो? मुझे ग़ुस्सा मत दिलाओ?

राधा : क्या करोगे?

सत्तो : थप्पड़ मारूँगा।

राधा : मारो-मारो—मार कर फेंक दो। जान ही ले लो मेरी।

सत्तो : *(संयत होकर)* तुम ऐसा करो? थोड़ा चुप रहो।

राधा : क्या मुझे चिल्लाने का भूत चढ़ा है?

सत्तो : मैं भी क्या करूँ—समय ख़राब चल रहा है—क्या करूँ—गाड़ी के नीचे कुचल जाऊँ? गंगा में कूद पड़ूँ?

राधा : बच्चे सो रहे हैं। मत चिल्लाओ, नहीं तो उठने पर खाना माँगने लगेंगे। घर में कुछ भी नहीं है। कपड़ा नहीं—जूता नहीं—स्कूल भी कैसे जाएँ। घर में खाना नहीं है। तुम इन बच्चों के बाप हो।

सत्तो : रोज़ निराश होकर लौटता हूँ। प्रतिदिन सोचता हूँ कि कारख़ाने की अच्छी ख़बर मिलेगी। क्या करूँ—रोज़ जाता हूँ और वापस लौटता हूँ।

राधा : मैंने क्या पाप किया है! वह सुबह आया था, जिसकी सीमेंट-बालू की दूकान है—जिससे मैंने उधार लिया है।

सत्तो : यदि कोई दूसरा काम मिलता। किसी तरह का काम! क्या करूँ, बोलो तो।

राधा : मैं तुम्हें बताऊँ कि तुम्हें क्या करना है? तुम क्या नाबालिग हो?

सत्तो : हाँ! यही लगता है। दिल-दिमाग़ काम नहीं कर रहा।

राधा : घर में तुम्हारे दो बच्चे सो रहे हैं। बिना खाए सो रहे हैं और तुम नाबालिगों की तरह बोल रहे हो। रात में नींद कहाँ आती है।

सत्तो : क्या करूँ, कुछ बोलो तो सही।

राधा : तुम्हारी यूनियन क्या करती है?

सत्तो : यूनियन क्या करेगी–

राधा : हड़ताल करेगी। जूट मिल में हड़ताल हुई थी, बादल वगैरह ने अपना बकाया वसूल लिया।

सत्तो : हड़ताल करके कुछ भी नहीं होगा।

राधा : क्यों नहीं होगा? बादल आदि ने जो किया।

सत्तो : हड़ताल करने से छँटनी कर देगा। फिर कभी भी काम नहीं मिलेगा।

राधा : वैसे भी तो काम नहीं दे रहा है।

सत्तो : बीच-बीच में तो काम देता है।

राधा : इसलिए तो ऐसा हाल है–ऐसा काम तो चला जाए, तभी अच्छा।

सत्तो : फिर भी चल तो रहा है। झमेला करने से कारख़ाने में किसी दूसरे को ले लिया जाएगा। हम लोगों की छँटनी कर दी जाएगी। काम चले जाने से कोई रास्ता नहीं रहेगा। क्या तुम यही चाहती हो?

राधा : *(चिल्लाती हुई)* तुम्हारी कंपनी के अधिकारी क्या चाहते हैं? मैं भी मरूँगी और मेरे बाल-बच्चे भी मरेंगे। क्या उनके घरों में बाल-बच्चे नहीं हैं? वे क्या सिर्फ़ मज़ा मारने के लिए पैदा हुए हैं? हे भगवान्, यह कैसी दुनिया–

सत्तो : चिल्लाओ नहीं, बच्चे उठ जाएँगे।

राधा : उठ जाएँ। मेरी बात सुननी पड़ेगी। यूनियन को कहना होगा।

सत्तो : क्या कहूँगा? मैं क्या अकेला हड़ताल करूँगा। यूनियन जो कहेगी, वही तो होगा। मैं क्या करूँ?

राधा : वह कुछ नहीं करेगी। सिर्फ़ चंदा लेगी–भाषण देगी।

सत्तो : किसने कहा तुम को–सब कुछ सोचा जा रहा है।

राधा : क्या सोचा जा रहा है?

सत्तो : क्या सब कुछ मुझे बता देगा?

राधा : क्यों? तुम क्या उन लोगों के दुश्मन हो। ऐसी यूनियन चूल्हे में जाए!

सत्तो : तुम कुछ नहीं समझ रही हो। जो हो रहा है—

राधा : तुम में साहस नहीं है।

सत्तो : कैसा साहस?

राधा : बादल लोगों ने क्या किया। हड़ताल की—काम की तरह काम किया। उन लोगों में साहस है—रुपया लेकर रहा—

सत्तो : चुप रहो। बादल ने क्या किया—यह सुनना नहीं चाहता हूँ। कई बार तो कहा—बादल की बात सुनना नहीं चाहता हूँ।

राधा : उसी बादल के रुपये से तुम्हारे बाल-बच्चों ने सुबह खाना खाया है। तुम खाए हो।

सत्तो : क्या खाए?

राधा : पॉव रोटी—क्या नहीं जानते हो।

सत्तो : किसके रुपये थे?

राधा : बादल के रुपये थे।

सत्तो : बादल से क्यों रुपये लिये?

राधा : तुम्हें क्या मतलब है?

सत्तो : क्यों लिए उससे रुपये?

राधा : तुम्हारी गृहस्थी को चलाने के लिए—

सत्तो : वह कब आया था? क्यों आया था? इस घर में वह क्यों आता है? *(राधा कुछ नहीं बोलती है)* क्यों आता है? बदचलन औरत—

राधा : चुप रहो।

सत्तो : चुप नहीं रहूँगा। क्यों आता है?

राधा : अपने कारख़ाने जाकर अधिकारियों से पूछो।

सत्तो : बात मत घुमाओ।

राधा : बात नहीं घुमा रही हूँ। अपने अधिकारियों से पूछो। कौन खड़ा कर रहा है—बतंगड़। कौन मेरी दुनिया को नष्ट करना चाहता है। मेरे बाल-बच्चों का कौन ऐसा हाल बना रहा है? *(फूट पड़ती है)* तुमने मुझे क्या कहा? बदचलन औरत!

सत्तो : *(थोड़ी देर बाद)* दिमाग़ ठीक काम नहीं कर रहा। तुम्हीं कहो मैं क्या करूँ?

राधा : यूनियन को कहो—सब कुछ कहने के बावजूद कुछ नहीं

समझेगा?

सत्तो : कहेंगे—सब कुछ कहेंगे—विश्वास करो—

राधा : तुम सभी एकजुट होकर खड़े हो—यदि सब को अपने परिवारों की चिंता होगी, तो संभव है। सब इस तरह क्यों मरेंगे? सब एकजुट होकर खड़े हो—

सत्तो : *(थोड़ी देर बाद)* तो मैं निकलता हूँ—विजय बाबू के साथ बातचीत करनी है। देखें, वह क्या सोच रहा है? वह समझेगा। नहर के उस पार उसका घर है। उससे मिलकर आता हूँ—

राधा : जाओ—

सत्तो : बच्चे उठ जाएँगे न?

राधा : तो क्या होगा? चिंता मत करो।

[मंच पर रोशनी बुझती है। राधा बाहर निकलती है। रोशनी होने पर पुराना दृश्य दिखता है। सत्तो मज़दूरों से कुछ कहता है।]

सत्तो : अब आपको कुछ न कुछ फ़ैसले लेने होंगे।

तीसरा दृश्य

[मि. सेन का भव्य घर। कारख़ाना के मालिक मिस्टर सेन और एक बुजुर्ग कर्मचारी बैकुंठ बाबू आते हुए दिखाई देते हैं।]

मि. सेन : आइए, आइए। आप लोगों के साथ ज़रूरी बातचीत करनी है। क्या देख रहे हैं?

बैकुंठ : आपका घर बहुत सुन्दर है। पहले कभी भी इतना सुंदर घर नहीं देखा है।

मि. सेन : आप कितने दिनों से यहाँ काम कर रहे हैं?

बैकुंठ : प्रायः तीस वर्षों से—आपके पिताजी—

मि. सेन : हाँ, हाँ–ठीक-ठीक–सिगरेट लीजिए!

बैकुंठ : नहीं...नहीं, मैं नहीं पीता हूँ।

मि. सेन : अच्छा...अच्छा। मुझे बहुत ख़राब आदत है। कारख़ाना में सिगरेट पीना ठीक नहीं है। ख़ैर, आप तो जानते ही हैं, मैंने आपको क्यों बुलाया है?

बैकुंठ : नहीं, समझा नहीं।

मि. सेन : आप इस कंपनी के सबसे विश्वस्त कर्मचारी हैं। आपका रिकॉर्ड अच्छा है।

बैकुंठ : धन्यवाद, सर।

मि. सेन : मैं मानता हूँ कि अच्छे काम के लिए पुरस्कार देना चाहिए–विश्वस्तता होने के लिए पुरस्कार...। जिन लोगों में यह गुण है, उन लोगों को प्रोमोशन दिया जाएगा। सब में यह गुण नहीं होता है। जिनके पास यह गुण है, उन्हें पुरस्कृत किया जाएगा। जो परिश्रमी, बुद्धिमान हैं, उनके हाथ में पावर रहना चाहिए, कामचोरों के हाथ में नहीं। आपको मिस्टर सान्याल कुछ कहे हैं।

बैकुंठ : नहीं सर। मिस्टर सान्याल, मतलब फ्लोर मैनेजर–नहीं सर।

मि. सेन : शायद आपके साथ मुलाकात नहीं हुई होगी। मैंने उनसे कहा है। वह आपसे बात करेंगे। कंपनी आपको महत्त्वपूर्ण काम देना चाहती है। वेतन बढ़ेगा। बहुत बढ़ेगा। ख़ुश हैं तो।

बैकुंठ : क्या बोलूँ सर, मेरा परिवार सुनकर ख़ुश होगा।

मि. सेन : पत्नी को परिवार क्यों कह रहे हैं? हम अभी आधुनिक युग में पहुँच गए हैं।

बैकुंठ : ठीक कह रहे हैं। पुरानी आदत है न सर! मेरा मतलब था पत्नी ख़ुश होगी।

मि. सेन : *(हँसते हुए)* असल बात सुनिए। अगले महीने से एक पुराने लैब को बंद कर उसकी जगह नया लैबोरेटरी खोला जाएगा। डॉक्टर दास को ज़िम्मेवारी दी जाएगी। आप असिस्टेंट रहेंगे। और कोई नहीं रहेगा। काम महत्त्वपूर्ण है। मैनेजर मिस्टर सान्याल आपको यह काम देना चाहते हैं। मेरी भी यही इच्छा है। आपने तो कभी भी कंपनी के खिलाफ़ कोई काम नहीं

किया है। आपने कभी यूनियन नहीं किया। यही आपका रिकॉर्ड है। इसलिए आपको यह ज़िम्मेवारी दी जा रही है।

बैकुंठ : हाँ, सर! डॉ. दास सबसे पुराने केमिस्ट हैं।

मि. सेन : *(आगे बढ़ते हुए)* अभी जो दवा बनाई जाएगी, उसके बारे में बाहर प्रचार करने की ज़रूरत नहीं है। पहले जैसी ही दवा बनाई जाएगी। लेकिन लेबुल अलग होगा। आप लोग दवा बनाएँगे। मिस्टर दास फॉर्मूला जानते हैं। आप भी जानते हैं। आप सहायता करेंगे। पहले जैसे ही काम करेंगे।

बैकुंठ : समझ में नहीं आ रहा है। छुप-छुप कर दवा क्यों बनायेंगे? किसी को इसके बारे में क्यों नहीं बताया जाए? क्या—वही फॉर्मूला होगा?

मि. सेन : कंपनी हमारी है, आदेश हमारा है। मानेंगे नहीं? सब चोरी-छिपे होगा। यह दवा दूसरी तरह बेची जाएगी। किसी को मालूम नहीं होने देंगे।

बैकुंठ : समझे। लेकिन कौन ख़रीदेगा? किसका माल है यह।

मि. सेन : जिसको ज़रूरत पड़ेगी, वही न ख़रीदेगा। जिसको खिलाने की ज़रूरत है, उसे खिलाऊँगा।

बैकुंठ : दो नंबरी दवा खिलाएँगे?

मि. सेन : यह आपकी ज़िम्मेवारी नहीं है। इतना क्यों समझना चाहते हैं। आपको तो बता रहा हूँ। जो भी काम होगा, छुपकर किया जाएगा। गुप्त तरीके से काम किया जाएगा।

बैकुंठ : *(स्वीकारोक्ति ढंग से)* मेरा अपना भाई टाइफायड ज्वर से दो दिनों के भीतर ही मर गया था।

मि. सेन : क्या बोल रहे हैं?

बैकुंठ : दवा के अभाव में मेदिनीपुर गाँव के एक घर में मेरा भाई मारा गया। खुदीराम के गाँव के निकट के गाँव का था।

मि. सेन : बाद में बात होगी। बाक़ी बात मिस्टर दास आपको समझा देंगे। और एक बात है—

बैकुंठ : यदि हमारा भाई जीवित होता, तो आज 52 वर्ष का होता। हमसे भी सुन्दर था।

मि. सेन : मैं क्या कह रहा हूँ—समझे?

बैकुंठ : गाँव में रहता था, इसलिए दवा का भी जुगाड़ नहीं कर पाया।

मि. सेन : क्या बोल रहे हैं? मेरी बात सुनकर जाएँ।

बैकुंठ : मेदिनीपुर में उसे जलाया गया था। बहुत दिनों के बाद ख़बर मिली। माँ भी नहीं देख पायी और मैं भी नहीं देख पाया।

मि. सेन : और एक बात सुनो...मन लगाकर सुनो।

बैकुंठ : बोलिए।

मि. सेन : प्रति महीने काम की रिपोर्ट देंगे। हाथ से लिखकर दीजिएगा। मेरे हाथ में ही दीजिएगा। और कोई नहीं देखे। डॉक्टर दास को भी नहीं बताएँगे।

बैकुंठ : क्या रिपोर्ट?

मि. सेन : काम कैसा चल रहा है।

बैकुंठ : डॉक्टर दास ने यह ज़िम्मेदारी ली है, ठीक नहीं किया?

मि. सेन : मैं आप से रिपोर्ट माँगता हूँ। डॉक्टर दास क्या करेंगे—यह भी मुझे बताना होगा। सिर्फ़ आप से पूछूँगा। यह बात मेरे और आपके बीच में रहेगी।

बैकुंठ : क्या मैं डॉक्टर दास से भी ऊपर रहूँगा।

मि. सेन : नहीं। सिर्फ़ सूचना दीजिएगा। यह सूचना डॉक्टर दास को मालूम नहीं होनी चाहिए। इसलिए आपको ज़िम्मेदारी दी गई है। इसलिए प्रमोशन दिया गया है। नहीं तो क्यों प्रमोशन दिया जाता।

बैकुंठ : क्या बोल रहे हैं? अन्याय करूँगा—दवा में मिलावट करूँगा—छुप-छुप कर सूचना दिया करूँगा—जासूसी करूँगा—लुच्चे-लफंगों वाला काम मैं नहीं करूँगा—मुझसे नहीं होगा।

मि. सेन : ऐसी ख़राब-ख़राब बात क्यों सोच रहे हैं।

बैकुंठ : दो नंबरी बात तो हो रही है!

मि. सेन : मैं आपकी भलाई के लिए ही कह रहा हूँ। मुझे आप पर विश्वास है। इस तरह का अवसर हमेशा नहीं आता है। माथा ठंडा कीजिए, सोचिए।

बैकुंठ : नहीं, मुझसे नहीं होगा।

मि. सेन : सही बोल रहे हैं? नहीं होगा?

बैकुंठ : नहीं, नहीं होगा।

मि. सेन : इसका मतलब समझ रहे हैं?

बैकुंठ : मेरा प्रमोशन नहीं होगा, महीना नहीं बढ़ेगा, नौकरी चली जाएगी।

मि. सेन : हाँ, हो सकता है। आपको यहाँ से जाना होगा–

बैकुंठ : दो नम्बरी दवा देकर मनुष्य मनुष्य को मारेगा।

मि. सेन : आपकी जो इच्छा हो, करें, मैं चलता हूँ।

बैकुंठ : नहीं, मैं नहीं करूँगा। अन्याय नहीं करूँगा।

मि. सेन : *(धमकाते हुए)* ठीक है तो?

बैकुंठ : हाँ, ठीक है।

मि. सेन : मैं आपको देख लूँगा।

बैकुंठ : मैं भी जीने की कोशिश करूँगा। अंततः बचने की कोशिश करूँगा।

[मंच पर अंधकार फैलता है।]

चौथा दृश्य

[मंजू उम्र 35 वर्ष के आस-पास। निम्न मध्यवर्ग की है। घर का वातावरण। अविवाहित भाई, जिसकी उम्र 40 वर्ष से नीचे है, के साथ बातचीत।]

मंजू : मेरे लिए सोचने की ज़रूरत नहीं है। मेरी अपनी कुछ भी इच्छा नहीं है? मैं क्या करूँ? दूसरी लड़कियाँ जो करती हैं–मैं वैसा नहीं करती। कहीं जा भी नहीं सकती हूँ। एक दिन सिनेमा जाने से क्या पाप हो जाएगा?

दादा : हाँ होगा। तुम्हारी भलाई के लिए कह रहा हूँ।

मंजू : मेरी भलाई करने की ज़रूरत नहीं है। सब मेरी भलाई करते-फिरते हैं।

दादा : माँ हमेशा कहती रहती है—'भोला घर न आए'—'मंजू भोला के साथ नहीं घूमे।' सब कष्ट मुझे ही सहना पड़ता है।

मंजू : तुम्हें सिर दर्द मोल नहीं लेना है।

दादा : मैंने तुम्हें बहुत समझाया है। भोला से शादी करोगी! शादी करके दोनों फाँसी लगा लोगे?

मंजू : क्या, भोला काम नहीं करता है? कंपनी की गाड़ी नहीं चलाता है?

दादा : कंपनी में कैजुअल ड्राइवर है—कितना पगार मिलता है? क्या शादी करके ख़ुश होगी? दो दिनों में ही सीधी हो जाओगी। फिर बच्चे-वच्चे लेकर मेरे ही घर में डेरा डालोगी।

मंजू : तुम्हें मेरे बारे में कुछ सोचना नहीं होगा। मर जाऊँगी, लेकिन तुमसे भीख नहीं माँगूँगी।

दादा : बहुत हुआ! तुम्हें बुद्धि नहीं है—तुम चिंता भी नहीं करती हो। कारण बुढ़िया मर नहीं पाती—बिस्तर पर लेटे-लेटे दिन भर तुम्हारी चिंता करती है। और तुम ख़ुशी मना रही हो। शादी कर चली जाओगी। माँ को कौन देखेगा?

मंजू : मैं माँ के लिए कुछ नहीं करती हूँ—माँ के लिए सब कुछ मैं ही करती हूँ। नहीं तो और कौन करता है? रात में कौन जागता है? कौन खाना बनाता है, कौन घर साफ़ करता है? तुम्हारे कपड़े कौन साफ़ करता है? कौन इस्त्री करता है? फिर भी तुमसे गाली सुननी पड़ती है। मार खाती हूँ? क्यों? क्यों गाली खाऊँ? क्यों मारते हो? मैं नौकरी नहीं करती हूँ, इसलिए ज़िंदगी मुझे ऐसे ही बितानी होगी? मेरी कोई इच्छा नहीं है? मेरे लिए कोई अच्छा-बुरा नहीं है। मेरे लिए कोई सोचता नहीं है। मैं पढ़ भी नहीं पाई, यह मेरी ही ग़लती है? मैं शादी करना चाहती हूँ इसलिए ख़राब लड़की हूँ? मैं क्यों ख़राब हूँ? और तुम इस तरह क्यों बोल रहे हो?

दादा : तुम माँ को देखो। और तुम्हें मैं देखूँगा।

मंजू : नहीं, तुम्हें कुछ नहीं सोचना होगा। तुम मेरे बारे में कुछ भी नहीं कहोगे। मैं तुम्हारी बात नहीं सुनूँगी।

दादा : ठीक है? जो बोलना चाहती हो, ठीक से बोलो। अब मैं ही उसे भगा दूँगा।

मंजू : नहीं दादा। *(डरती हुई)* मैं तुम्हारे पाँव पकड़ती हूँ। ऐसा मत करो। भोला दा को कुछ भी मत कहना।

दादा : माँ को अस्पताल ले जाना है, एक्स-रे कराना है। मैं रुपये की चिंता से मर रहा हूँ। क्या तुम्हें यह सब मालूम है। तुम सिर्फ़ अपने बारे में सोच रही हो। रुपये चाहिए, रुपये। रुपये, ला पाओगी? कहीं से?

मंजू : नहीं। इसलिए ही तो प्रताड़ित होती हूँ। तुमसे मार खाती हूँ।

दादा : जब छोटी थी, तब मेरी बात सुनती थी। मैं रुपये के जुगाड़ में बाहर जाता हूँ, तुम शांति से रहो। उसको समझा देना। ख़बरदार! वह मेरे घर न आए।

पाँचवाँ दृश्य

[दादा निकलता है। भोला आता है। पैंट और हवाई शर्ट पहने हुए है। 40 वर्ष की उम्र है।]

भोला : सलाम मेम साहब।

मंजू : दिन भर काम था? कैसे थके-थके दिख रहे हो–

भोला : क्यों? दाढ़ी नहीं बनाई है–ख़राब दिखता हूँ–क्या आता-जाता है।

मंजू : चाय पीओगे?

भोला : ना। चाय मत देना। दंड मिलना चाहिए। सोचा था कि लेवेल क्रॉसिंग के निकट से फूल ख़रीदूँगा। रोज़-रोज़ सोचता हूँ। आज मन बना ही लिया था। भूल गया। चाय नहीं दंड देना–लाल-लाल गुलाब–इतना बड़ा–एकदम भूल गया।

मंजू : चाय बनाती हूँ–

भोला : कह रहा हूँ–नहीं, नहीं। तुम्हारी यह साड़ी पहले नहीं देखी

थी। कितना दाम है?

मंजू : नहीं जानती हूँ। दादा ने ख़रीदी थी।

भोला : आजकल लड़कियाँ कितनी तरह की साड़ियाँ पहनती हैं।

मंजू : और तुम यही सब देखने के लिए दिन भर घूमते-फिरते हो।

भोला : दिन भर तो यूँ ही बस...असल में तो एक ही को देखता हूँ। सिर्फ़ एक ही को—

मंजू : ठीक?

भोला : एक फ़ोटो खींचनी है। *(हाथों से फ़ोटो खींचने का अभिनय करता है। मंजू पोज देती है।)* क्या हुआ?

मंजू : *(नकल करती है)* दाढ़ी नहीं बनाई। *(दोनों हँसते हैं। भोला ज़ोर से हँसता है। मंजू धीरे-धीरे)*

भोला : माँ कैसी है?

मंजू : पहले जैसी ही है।

भोला : क्या सोच रही हो।

मंजू : सोच रही हूँ कि अयोध्या में मंदिर बनेगा या मस्जिद बनेगी।

भोला : फ़ालतू बात मत करो। बोलो, क्या सोच रही हो?

मंजू : तुम्हारी बात। जिसका कोई नहीं, उसके दिन किस तरह गुज़रते हैं।

भोला : क्या मैं फ़ालतू हूँ

मंजू : नहीं।

भोला : फ़ालतू नहीं होता, तो तुमसे कब की शादी कर लेता। सोचता हूँ—इस बार सफल हो जाऊँगा। पेट भरना भी मुश्किल है। बीच-बीच में सोचता हूँ टैक्सी चलाऊँगा। वह भी नहीं मिली है। मिलने पर बेहद झमेला।

मंजू : टैक्सी चलाने की ज़रूरत नहीं है। कितने जोखिम का काम है।

भोला : मेरा एक भैया था। पुलिस में था। पुलिस में होते हुए भी उसे गोली खाकर मरना पड़ा।

मंजू : पहले तो कभी कहे नहीं।

भोला : कहा नहीं था। फुटबाल बहुत अच्छा खेलता था इसलिए उसे नौकरी मिली थी। मैंने उसी से गाड़ी चलाना सीखा था। कई

लड़कों ने उसे मारा था—ग़लती नहीं थी।

मंजू : कंपनी तुम्हें नौकरी क्यों नहीं देती है? बीच-बीच में क्यों बैठा देती है?

भोला : पैसा बचाती है—मैं बदली में हूँ—एक दूसरा आदमी पर्मानेंट है। कितनी बार मैनेजर से कहा है। हाथ-पाँव पकड़ा है। आलतू-फ़ालतू काम करवा लेता है। आइसक्रीम ख़रीद लाओ—शराब खरीद लाओ—लड़की को प्रेमी के पास छोड़ आओ। पार्टी'आमंत्रण-निमंत्रण मत पूछो। रात ग्यारह बजे—बारह बजे साला गाड़ी में घूमता रहता है। लेकिन मेरी बात नहीं सुनेगा। बोलने पर कहता है—देखता हूँ—देखेंगे। सात वर्ष हो गया है।

मंजू : बड़े लोगों की बड़ी बात। वे समझते क्यों नहीं हैं?

भोला : उन लोगों की बात छोड़ो। हमें मनुष्य ही नहीं समझते हैं। जानवर बना दिया है। उन लोगों से पंजा कौन लड़ाएगा—किसी में हिम्मत नहीं है।

मंजू : इसी तरह चलेगा—जीवन भर—कुछ नहीं होगा?

भोला : नहीं होगा। उसके पास ताक़त है—दौलत है—सबको अपने जूते के नीचे रखता है।

मंजू : लेकिन हमने क्या ग़लती की है।

भोला : बड़े लोगों की संतान नहीं बन पाए। स्कूल में पढ़ते-पढ़ते पढ़ाई छोड़ दी, पेट के लिए...पिता की मृत्यु हो गई। भैया पुलिस में चला गया और मैं होटल में काम करने लगा। फिर गाड़ी चलाना सीखा। पढ़-लिख नहीं पाया यही मेरी ग़लती है। मेरे पास रुपया-पैसा नहीं है—यही मेरा दोष है? मेरे पिता ने मेरे लिए पैसा नहीं छोड़ा—किसकी ग़लती है? मेरी ग़लती है या मेरे बाप की! मेरे पास में रुपया होता तो सभी को मारता-पीटता। मेरे स्कूल के मास्टर ने भी कहा है कि जिसके पास जितनी दौलत है वह उतना ही बड़ा आदमी है। *(हाथ से दिखाता है)* जितना लंबा—उतना रुपया। और तुम्हारे पास रुपया नहीं है, तो तुम फ़ालतू हो एकदम फ़ालतू।

मंजू : भोलानाथ थोड़ी चाय पीओगे।

भोला : नहीं।

मंजू : चलो पार्क में चलें। यहाँ अच्छा नहीं लगता है।

भोला : बाहर वर्षा हो रही है।

मंजू : होने दो! अभी तुरंत चलो—यहाँ अच्छा नहीं लगता है।

भोला : सुनो—अब मेरे माथे और तुम्हारे सिर के बाल पकने लगे हैं।

मंजू : फ़ालतू मत बको। चलते हैं—चलो।

भोला : कहाँ जाओगी—जाने की राह बंद है—तोता पिंजड़े में बंद है—कहाँ जाओगी?

मंजू : मुझे हास्यास्पद मत बनाओ—*(भोला हँसता है।)* मेरे बारे में क्या सोचते हो? *(भोला गाता है— 'तुम्हारा हृदय यमुना होता, छपक छपक भोला नहाता।')*

भोला : कैसा लगा? कैसी आवाज़ है? अच्छा नहीं लगा? बोलो, गीत मेरे लिए बनाया गया है अच्छा नहीं लगा—

मंजू : नहीं...नहीं—अच्छा नहीं लगा—एकदम अच्छा नहीं लगा—अच्छा नहीं लगा।

छठा दृश्य

[मंजू रो रही है। भोला अन्यमनस्क अवस्था में है। रोशनी फैलती है। मज़दूरों में बातचीत हो रही है। हरि सिंह कमेटी मेंबरों के साथ बातचीत करता है।]

हरि सिंह : माथा गरम करने से कुछ नहीं होगा। माथा गरम करने से कुछ नहीं होगा। माथा ठंडा रखना होगा। ग़ुस्सा दिखाने से कुछ नहीं होगा। गर्म-गर्म बोलने से भी नहीं होगा। सब कुछ उलट जाएगा। मैं अपने कारख़ाने को पहचानता हूँ। जो नहीं पहचानते हैं, उन्हें पहचानना होगा। कंपनी के रेकॉर्ड देखने

होंगे। कारख़ाना बंद होने से किसको लाभ मिलेगा? दो वर्ष में कारख़ाना बिक गया। विदेशी मालिक ने ख़रीदा है। सबकी छँटनी हो जाती। छँटनी हुई? नहीं हुई। क्या तुम जानते हों–आसनसोल में क्या हुआ? इस्पात का इतना बड़ा कारख़ाना बैठ गया–नहीं जानते हो। आसनसोल पास में ही तो है–एक घंटे का रास्ता है–

आवाज़ : एक घंटा नहीं, चार घंटे–

एक आदमी की आवाज़ : नहीं, पाँच घंटे–

हरि सिंह : उससे क्या हुआ? एक घंटा, चार घंटा, पाँच घंटा, क्या हुआ? स्पात कारख़ाने में क्या हुआ?–जानते नहीं हो। मैं सुनकर ताज्जुब में हूँ। तुम भी सुनो–यहाँ एक आदमी है। वह सब कुछ जानता है। आसनसोल में क्या हो रहा है–आप से कहूँ–माथा गरम करने से क्या होगा–बद्रीनाथ–इधर आओ। *(भीड़ के बीच से बद्रीनाथ आते हैं। परिचय कराता है।)* बद्रीनाथ आसनसोल इस्पात कारख़ाने के लीडर हैं। *(भीड़ से आवाज़ आती है, हंगामा मचता है–'ये कौन हैं?' किस कंपनी का है?)* आसनसोल में लोहा कंपनी का है, यह किस्सा सुनकर क्या होगा? हटाओ...हटाओ।)

बद्रीनाथ : आप लोग शांत हों–मेरी बातें सुनें...एकाध ख़राब बात सुनने से कुछ भी नहीं होगा। आप सभी पर भारी विपदा आ गई है। मेरी बात सुनने से आप लोग विपदा से दूर हो सकते हैं। कारख़ाने में हड़ताल–यह कोई नई बात नहीं है। लेकिन सोच-विचार करें। हड़ताल करने से पहले मज़दूरों के बारे में सोचना पड़ेगा। मज़दूरों की भलाई हो। मज़दूरों को मारने के लिए कोई कदम नहीं उठाना चाहिए। मैं मज़दूरों की भलाई चाहता हूँ।

आवाज़ : ज्ञान मत बघारो। असली बात बताओ।

बद्रीनाथ : यदि मैं ग़लती करता हूँ, तो मुझे यहीं पर गाड़ दीजिएगा। मैं तो आप लोगों की तरह ही कारख़ाना में काम करता हूँ। आपकी कारख़ाने की बात सुनी है।

आवाज़ : आसनसोल की कहानी सुनाओ। फिज़ूल बात बंद करो।

अन्य आवाज़ें : बैठ जाओ–बैठ जाओ–यह सब नहीं सुनेंगे।

बद्रीनाथ : मैं बोल रहा हूँ–यह हड़ताल का वक़्त नहीं है। हरि सिंह ने आप लोगों को सही बताया। यहाँ हड़ताल करना विपदा को आमंत्रित करना है।

आवाज़ : बैठ जाओ–बैठ जाओ–तुम कौन हो–कहाँ से आए हो?

बद्रीनाथ : मैं आपकी माँगें मानता हूँ। हरि सिंह प्रबंधन से बात करेंगे। इससे पहले हड़ताल नहीं करें। मैंने बहुत हड़ताल की हैं। कई बार जीते हैं। आप लड़ाई नहीं करते, आप नहीं जानते हैं। लड़ाई के वक़्त मैंने कई बार मार भी खाई है। हड़ताल करने का नियम है। हड़ताल कर देने भर से कुछ नहीं होता है। आम पकने पर पेड़ से गिरता है। नहीं पकने पर–नहीं पकने पर–

आवाज़ : बैठ जाओ साला–पका हुआ आम कहीं का।

अन्य आवाज़ : सड़ा आम। साला सड़ा हुआ आम है।

हरि सिंह : कौन बोला? खड़ा हो जाओ।

[भीड़ के बीच से एक आदमी आगे बढ़ता है। बद्रीनाथ बाबू का हाथ पकड़ता है।]

मज़दूर : कहाँ से यह नाम तुम्हें मिला? कितनी बार अपना नाम बदले हो। तुम्हारा भाषण सुनकर ख़ून गरम हो गया है।

हरि सिंह : क्या कर रहे हो? जाकर बैठ जाओ। दरबान आगे बढ़ो।

मज़दूर : चूहे के बच्चे को देखते हैं–कितना बड़ा है।

हरि सिंह : बैठ जाओ। फ़ालतू झमेला मत करो।

मज़दूर : इसको किसने यहाँ आने दिया? कंपनी का दलाल। रुपया लेकर दलाली करता है। किसने बुलाया है।

हरि सिंह : मैंने बुलाया है। यूनियन ने बुलाया है। किसको दलाल कहते हो? तुम कौन हो?

मज़दूर : यूनियन नहीं करता हूँ? क्या मैं चंदा नहीं देता हूँ? चौदह वर्ष से यूनियन में हूँ। एक दलाल यहाँ आ जाए, और मैं कुछ नहीं बोलूँ। चूहे के बच्चे कहीं के।

हरि सिंह : झमेला करने से निकाल दूँगा। दरबान आगे बढ़ो।

मज़दूर : *(हरि सिंह को धकेलते हुए बद्रीनाथ का हाथ पकड़ता है।)* क्या मुझे नहीं जानते हो? नहीं जानते हो?

बद्रीनाथ : तुमको मैं नहीं जानता हूँ।

मज़दूर : नहीं जानते हो। तुम्हारी सारी ख़बरें मेरे पास हैं। पहले हावड़ा में लीडरी करते थे। कई-कई हड़तालों को तुमने तोड़ा है। उसके बाद दमदम गए, वहाँ भी वही कारनामे। मालिकों से रुपया लेकर मार-पीट करवाए, बमबाज़ी करवाए—हड़ताल ख़त्म करवाए। कितने लोगों की नौकरी छीने हो—कितनों का ख़ून करवाए हो? तुमने सब कुछ ग़लत किया है। जिस यूनियन के लीडर हुए, उसे ही तोड़ दिए। और अब यहाँ आए हो। मेरे पास सारी ख़बरें हैं—

बद्रीनाथ : क्यों आलतू-फ़ालतू बोल रहे हो?

मज़दूर : आलतू-फ़ालतू? जानते नहीं थे, मैं यहाँ हूँ। तुमने यहाँ आकर भारी ग़लती की है।

हरि सिंह : तुम गुंडागर्दी कर रहे हो। यहाँ से जाओ। धक्का मारकर निकाल दूँगा।

मज़दूर : नहीं जाऊँगा। आप लोग जानते हैं—यह कौन है सूअर का बच्चा? *(बद्रीनाथ का कॉलर पकड़ता है)* सूअर का बच्चा मेरा भाई है, बचपन से पाला-पोसा है। खिला-खिलाकर जवान किया है। उसका असली नाम लक्ष्मण है। माँ-बाप का दिया हुआ नाम है—लक्ष्मण। मैं राम और वह लक्ष्मण। *(राम लक्ष्मण को धक्का देता है)* यहाँ क्यों आए? मारकर फेंक दूँगा, एकदम हालत ख़राब कर दूँगा। *(लक्ष्मण अपना कॉलर छुड़ाने की चेष्टा कर रहा है। हरि सिंह वहाँ से हट जाता है। मज़दूरों के बीच हाथापाई शुरू हो जाती है। कई आवाज़ें एक साथ आती हैं—'किसने बुलाया है' 'साला को कब्र में गाड़ दो' 'हरि सिंह ने उसे बुलाया है'।)*

सातवाँ दृश्य

[**मंच पर रोशनी फैलती है। डॉक्टर बरुआ कारख़ाने के डॉक्टर हैं। उम्र 60 वर्ष। डॉक्टर बनर्जी उम्र 40 वर्ष**]

डॉ. बरुआ : क्या ख़बर है, डॉ. बनर्जी?

डॉ. बनर्जी : आप से कुछेक बातें करनी थीं।

डॉ. बरुआ : जानता हूँ, मैं भी आप से बातचीत करना चाहता हूँ। शायद एक ही बात है।

डॉ. बनर्जी : बहुत अपमानित किया। हठात् काग़ज़ पकड़ा दिया। मुझे वहाँ से हटा दिया, इसका मुझे दुःख नहीं है, कैसे आदमी को बैठाया है? ऐसा काम करना उसके बस की बात है? उसकी क्या योग्यता है? उसे क्या अनुभव है?

डॉ. बरुआ : ओहो—वह जज साहब का भतीजा है। चेयरमैन के दोस्त हैं—जज साहब।

डॉ. बनर्जी : लेकिन काम करने के लिए न्यूनतम योग्यता चाहिए।

डॉ. बरुआ : लेकिन यह बोर्ड का फ़ैसला है। कंपनी अभी अच्छी स्थिति में नहीं है। कुछ अच्छे काम होते हैं, तो कुछ ख़राब होते हैं। समझ रहा हूँ—काफ़ी गोलमाल हो रहा है। मैं इस पर अधिक नहीं सोच रहा हूँ। अवकाश का भी समय आ गया है।

डॉ. बनर्जी : मेरे बारे में आप कुछ सोचे हैं—

डॉ. बरुआ : सब कुछ अपने हाथ में नहीं है। जो हो रहा है, होने दो। तुम्हारी उम्र कम है, बहुत समय है। कितना कुछ सीखना है, कितना कुछ देखना है।

डॉ. बनर्जी : इस माहौल में कुछ भी नहीं सोच पाता हूँ। बहुत ख़राब लग रहा है। योग्यता और अनुभव की कीमत नहीं है। चेयरमैन की इच्छा ही अंतिम बात है क्योंकि वही मालिक है। इस तरह की ग़ुलामी मुझे बर्दाश्त नहीं है। रुपया है, जो मन में आएगा, वही करूँगा। हम लोग उसके यहाँ नौकरी करते हैं, इसलिए सब कुछ मान लेना पड़ता है? कोई प्रतिवाद नहीं।

डॉ. बरुआ : तुम्हारी बातें...यहाँ काम करना है—तो सब कुछ सहना पड़ेगा।

डॉ. बनर्जी : क्यों, कहिए?

डॉ. बरुआ : लेफ्टिस्ट बातें दुनिया में अचल हो गई हैं। दुनिया तो देखे नहीं हो? न्याय-अन्याय, अच्छा-बुरा, धनी-दरिद्र सबको लेकर बनी है। अधिक सोचना संकट की जड़ है। चुपचाप काम करो—मा फलेषु कदाचन्।

डॉ. बनर्जी : प्रतिवाद करने से क्या होगा—नौकरी चली जाएगी?

डॉ. बरुआ : *(गंभीर होता है)* उन लोगों ने तुमसे कुछ कहा है?

डॉ. बनर्जी : कौन? किस लिए?

डॉ. बरुआ : दो नंबर लैब शायद बंद हो जाएगी? कंपनी की स्थिति अच्छी नहीं है। उत्पादन कम हो गया है। उसके आय-व्यय का हिसाब नहीं मिलता है। यह बुरी ख़बर है। मैंने तुमसे ही पहली बार यह बात कही है।

डॉ. बनर्जी : जो लैब बंद होगी, वही हम लोगों का ट्रांसफर करेगी—आश्चर्य है।

डॉ. बरुआ : लैब बंद होने से कर्मचारियों की संख्या में भी कटौती की जाएगी।

डॉ. बनर्जी : शायद मुझे भी हटा दे?

डॉ. बरुआ : कह नहीं पा रहा हूँ। अंततः—

डॉ. बनर्जी : शायद आपके बाद मुझे हटाए। मेरे कार्यों का कोई महत्त्व नहीं है?

डॉ. बरुआ : हाँ, आप तो अच्छा काम कर रहे थे।

डॉ. बनर्जी : मुझे भी हटाएगा? आपका क्या हाल है?

डॉ. बरुआ : काफ़ी झमेला चल रहा है—यही जानता हूँ।

डॉ. बनर्जी : आप जानते हैं, मुझे कुछ भी नहीं मालूम। मुझे बदल देगा—पता चला है।

डॉ. बरुआ : आपका काम अच्छा है—मैं यह जानता हूँ। लेकिन मैं क्या कर सकता हूँ। मेरी यही स्थिति है।

डॉ. बनर्जी : मैं भी यही सोचता हूँ। आपके अधिकारियों को पहचानता हूँ। मैंने इतने दिनों में उन्हें पहचान लिया। मैं उन्हें अच्छी तरह पहचानता हूँ।

डॉ. बरुआ : मैंने और डॉ. दास ने तुम्हारे लिए काफ़ी कोशिश की है—लेकिन कुछ भी नहीं हुआ।

डॉ. बनर्जी : क्या बोर्ड इस तरह के फ़ैसले लेगा।

डॉ. बरुआ : वे अपनी इच्छानुसार चलते हैं–दो नंबर लैब बंद हो जाएगी।

डॉ. बनर्जी : हाँ, वे अपनी इच्छानुसार आगे बढ़ते हैं। सिर्फ़ अपना लाभ देखते हैं। सिर्फ़ प्रॉफिट। *(थोड़ी देर से)* ख़ैर। गाँव चला जाऊँगा। जानते हैं–मेरे माता-पिता मेरी नौकरी पर आस लगाए हुए हैं। बाबा संस्कृत के विद्वान हैं। परचून की दुकान चलाकर उन्होंने मुझे डॉक्टर बनाया है। डॉक्टरी पास करने के बाद वे काफ़ी ख़ुश हुए। जब नौकरी मिली, तब घर में पूजा की गई। लेकिन आज मुझे ऐसा लगता है कि मेरी पढ़ाई-लिखाई का कोई मूल्य नहीं है। पैसा देकर हमें ख़रीद लेना चाहता है। जो चाहता है, वही करता है। चाहे तो हमें रास्ते पर गिरा सकता है। यदि बचना चाहते हैं, तो पैसे के सामने झुकें। डॉक्टर-इंजीनियर-वैज्ञानिकों की कोई कीमत नहीं है? हमारी कितनी कीमत है–यह तय करेंगे हमारे चेयरमैन।

डॉ. बरुआ : तुम्हारी उम्र कम है, तय करो तुम्हें क्या करना है।

डॉ. बनर्जी : सोचते-सोचते कई वर्ष बीत गए। चारों ओर जो देख रहा हूँ–कुछ समझ नहीं पा रहा हूँ। हर समय लगता है कि कुछ होगा। लोगों की बैठकें–जुलूस–प्रतिरोध। कभी मन कहता है कि कुछ नहीं होगा। कुछ लोग मज़े में, ख़ुशी मना रहे हैं। आज़ाद देश के ख़ुश नागरिक हैं। एक ओर मकान बनते हैं, गाड़ी ख़रीदी जाती है, टी.वी. ख़रीदा जाता है, फ्रिज खरीदा जाता है, उन लोगों के बेटे चकमक रहते हैं–बाक़ी दूसरी ओर खाना नहीं मिलता है, नौकरी नहीं मिलती है, दंगा-फसाद होता है, दवा के बिना लोग मर रहे हैं। समझ नहीं पा रहा हूँ–किधर हूँ?

डॉ. बरुआ : क्या करेंगे? अवसर मिलने पर चीन जाता, बहुत दिनों की मेरी यह इच्छा है। देखता–चीन कैसा है? चीन के लोग कैसे हैं–

डॉ. बनर्जी : चीन देखकर आइए। चीन में ट्रेडिशनल मेडिसिन पर अच्छा काम हो रहा है।

डॉ. बरुआ : क्या कहूँ। क्या होगा? भागेंगे नहीं–यहीं रहूँगा। यहीं रहूँगा। जगह नहीं छोड़ेंगे। अंत तक देखना है। इसी देश में रहना है।

आठवाँ दृश्य

[मंच पर रोशनी फैलती है। मज़दूरों में असंतोष फैलता है। 'कब तक बैठूँगा।' 'मीटिंग होगी या नहीं।' 'विजय को बुलाओ, विजय चाहिए।' 'किसी दूसरे की बात नहीं सुनूँगा।' हरि सिंह सामने आता है।]

हरि सिंह : विजय नहीं आएगा। हड़ताल नहीं होगी। *(शोर एकदम ख़त्म हो जाता है।)* मीटिंग ख़त्म हुई।

आवाज़ : *(सभा में से एक मज़दूर)* विजय को आना होगा। मीटिंग करनी होगी।

हरि सिंह : मैं चलता हूँ। आप लोग भी चलें *(कमेटी के सदस्यों से कहता है।)*

[मज़दूरों में असंतोष फैलता है। कुछ मज़दूर बाहर जाते हैं, तो कुछ अंदर आते हैं। एक मज़दूर सामने आता है। रोशनी फैलती है।]

मज़दूर : रुकें—एक मिनट रुकें। हम इस तरह घर नहीं लौटेंगे। ख़ाली हाथ नहीं जाएँगे। फ़ैसला करना होगा विजय हमारे अध्यक्ष हैं—सिर्फ़ अध्यक्ष नहीं हैं—हमारे नेता भी हैं—अपने हितैषी हैं—सच्चे आदमी हैं—उसके नहीं आने से भारी संकट आ जाएगा। हमें चिंता हो रही है। मैं उसके साथ प्रायः 22 साल से काम कर रहा हूँ। मैं उसे पहचानता हूँ। इस तरह की समस्या कभी भी नहीं आनी थी। इसलिए आज भी हमें हरि सिंह की बात सुनकर घर नहीं जाना चाहिए। नाइट ड्यूटी करेंगे—विजय ज़रूर आएगा।

हरि सिंह : तुमने शराब पी है। सारी रात जागते रहो। और कोई नहीं रहेगा यहाँ।

मज़दूर : मैं पागल हूँ—क्या मैं पागल हूँ? मैं पागल हूँ?

आवाज़ : बोलो—उसको बोलने दो—

मज़दूर : भाई, मैं आसनसोल का लीडर नहीं हूँ। दो नम्बरी लीडर नहीं हूँ—दलाल नहीं हूँ—इसलिए हरि सिंह मुझे नहीं बोलने देगा।

हरि सिंह : नहीं—तुम दंगाबाज़ हो—दंगा करना चाहते हो। हिंदू मरा है—बेटा मुसलमान।

[झमेला शुरू होता है।]

इस्माइल : मुसलमान का मतलब ही दंगाबाज़! हिंदू मरा है? कहाँ मरा

है? किस हिंदू को मारा है? कहाँ मरा है? मैं जानवर नहीं हूँ—मनुष्य हूँ। इसी शहर में मेरे बाप-दादे जन्मे हैं। मैं भी यहीं पैदा हुआ हूँ। बस्ती में हिंदू-मुस्लिम के साथ रहकर मनुष्य बना हूँ।

हरि सिंह : *(आगे बढ़कर)* चुप रहो। तुमको किसने कहा है—भाषण देने के लिए? तुम्हारा भाषण कौन सुनेगा? *(हरि सिंह धक्का देता है। एक दो मज़दूर बीच में आकर खड़े हो जाते हैं। हरि सिंह पीछे हट जाता है।*

आवाज़ : बोलने दो—बोलने दो।

इस्माइल : जब से मैं कारख़ाने में आया हूँ, तभी से यूनियन का सदस्य बन गया। उस समय हरि सिंह कहाँ था? मैं सबसे पुराना मेंबर हूँ। मैंने कभी भी किसी से बेईमानी नहीं की। मेरे पिता भी इस कारख़ाने में काम करते थे। उस समय कारख़ाना छोटा था। पिता के मरने के बाद मैंने काम करना शुरू किया था, जब कारख़ाना बड़ा हुआ तब हरिसिंह आ गया। फिर विजय ईमानदार है। हम लोगों का आदमी है। वो *(हरि सिंह)* बेईमान है, मालिक का आदमी है।

हरि सिंह : तुम बदमाश हो। तुम लाल पार्टी हो।

इस्माइल : तुमको जो बेईमान कहेगा वह दंगाबाज़ है। मुसलमान है, लाल पार्टी है। जो मज़दूरों की बात करेगा वह बेईमान है। जो हड़ताल की बात करेगा वह दुश्मन है। मज़दूर कभी भी मज़दूरों से बेईमानी नहीं करते हैं। कारख़ाने की बस्तियों में जा-जा कर देख लो। तुम बेईमानी इसलिए करते हो क्योंकि तुम मज़दूर नहीं हो। तुम मज़दूरों के मालिक हो। हम विजय खोज निकालेंगे। वही हमारा नेता है। जब तक वह नहीं आएगा तब तक हम लोग यहाँ से नहीं हटेंगे। यदि एक दिन घर नहीं जाएँगे तो क्या होगा। सब के घर में अशांति है। घर जाकर भी क्या होगा। *(कुछ लोग हँसते हैं।)* हँसो और हँसो तुम लोग, हँसते-हँसते मरो। बस्ती में तो बच्चे भूख से मर रहे हैं। क्या ये सभी सिर्फ़ मुसलमान के बच्चे हैं। मैं क्या झूठ बोल रहा हूँ, मेरा मुँह बंद कर दो।

हरि सिंह : तुम दंगा के समय कहाँ थे।

इस्माइल : कौन दंगा। कहाँ हुआ दंगा। अयोध्या में मस्ज़िद तोड़ने के बाद तनाव फैल गया। हम बस्तीवासी एक साथ ही थे। कहीं

कोई झमेला नहीं हुआ। बस्ती में दो दुकानों को लूटा। हम लोग अपने ही घर पर रहे। किसी को घर नहीं छोड़ना पड़ा। विजय हमको घर से कारख़ाना लाया। कारख़ाने के गोदाम में चार दिन, चार रात रहा, विजय खाना लाकर देता रहा। विजय ने हमको ढाँढ़स दिया और कहा कि कामरेड, कामरेड वह कामरेड क्यों नहीं आता है, हम लोग प्रतीक्षा कर रहे हैं। लेकिन अभी तक नहीं आया है। क्या करें?

बच्चा : विजय दा, मिला?

आवाज़ : कहाँ है? कहाँ है?

बच्चा : विजय दा टंकी में है?

आवाज़ : कहाँ है?

बच्चा : कारख़ाने के पीछे जो टंकी है। ख़ून से लथपथ है। सब कह रहे हैं कि विजय दा मारे गए।

इस्माइल : विजय को मार दिया—विजय हमारा भाई है—हमारा कामरेड है—

सत्तो : बदला चाहिए—विजय को मारा है—बदला लेकर रहेंगे।

इस्माइल : क्या बदला? ठहरो—

आवाज़ : क्या बदला?

माला : बदला चाहिए। *(सभी आहिस्ते-आहिस्ते उठते हैं।)*

इस्माइल : हमें करना है—क्या फ़ैसला लेना है।

सत्तो : यदि बचता हूँ, तो बचाऊँगा। मरता हूँ तो मारूँगा। जवाब चाहिए।

भोला : यदि मरता हूँ, तो दुनिया जानेगी कि मर गया हूँ—संघर्ष करते हुए मरा हूँ।

डॉ. बनर्जी : लोग समझेंगे कि अन्याय का प्रतिवाद किए हैं। हम कंपनी के गुलाम नहीं हैं। हम सिर नहीं झुकाएँगे।

[मंच पर अँधेरा फैलता है। कारख़ाना से सायरन की तीखी आवाज़ आती है। एक आदमी कहता है—हड़ताल]

आवाज़ : हड़ताल।

सामूहिक आवाज़ : हड़ताल।

आवाज़ : हड़ताल—हड़ताल—हड़ताल।

[सायरन की आवाज़ कम होती है, सुकांत भट्टाचार्य द्वारा लिखित गीत का स्वर गूँजता है, 'क्रांति—चारों ओर फैली क्रांति'—पर्दा गिरता है।]

●●●